南フランスの小さな村のコテージ（パステル　F4）

小高い山村の風景（パステル　F4）

聖なるマリアとイエス
（米国カンザス在住の50年来
の友からのクリスマスカード
より模写）

いつも仲よく――孫（兄と三つ子の姉妹）

水辺の
たくましい
葦のように

次代のとこしえの平和を願う

浅川美葦
Asakawa Yoshii

文芸社

まえがき

八十代を迎え、我が人生を顧み、省みることが折々に多くなったようである。人生には限りがあり、様々な「長寿」をそれぞれが多様に迎え過ごすことが可能になった。とは申せ、人生の終末期を如何に心豊かに、残された時を如何に自分らしく、創造的に生きるかが、自らに問われている。

一日一日を昨日より今日、今日よりも明日と充実させ、満ち足りたものとすることが大切だと思う。若い頃は「人生の終末期」など想像さえせずに過ごしてきたことを恥じる。時の流れに委ねて過ごしてはならないのだ。そのことを自分自身に戒める「今」である。

来年、そして将来を想像、創造することを忘れまい!! 過ぎし日の回顧、懐古に浸ることなく、新たな日々の構築に向かって歩み続けたいと思う。

貧しい人生経験、社会経験ながら、その小さな経験の中から、次代を担う若者達、孫達の世代の「平和共存・共生」を願うために少しでも声、叫びを上げ、同時に若者達にその実現を託したいと思う。

日本国憲法の基本三原則（国民主権、基本的人権の尊重、平和主義）が世界・地球社会に実現されんことを願う。五十余年前、教えを受け、敬愛してきた故田畑忍先生の真摯な平和憲法論を礎《いしずえ》として。

二〇一八年一月

浅川美葦

水辺のたくましい葦のように——目次

まえがき　3

触れ合いの中で――9

小さなぬくもり／出会い／さりげない、小さな触れ合い／対話／愛／真の愛を見失い迷う子羊たちよ／未来に夢を／人と人との交信／ルールとマナー／絆／老人と子ども／ユーモアのセンスを／返り咲く花

考えることの大切さ――49

言＝言葉／人間汚染／人の善意、その善意による行為／人間らしさの回復を求めて／共存のストーリー／森の時計／不安と平安／ある視点／小さな小さな世界と大きな大きな世界／平和の構築のために／人間の本質的平等／結婚の条件／大地の叫び／自由について／共生共存の世界平和構築の上に／平和教育の目的と構築のために／「平和」を構築出来る子ども達のために

表現するこころみ――――119

美葦という名の私／京おんな／東男に京女／詩／感性の大切さ／見えるものと見えないもの／ほんねとたてまえ／本音と建前／雪降る日に／春の歌／光と影／言葉の力／鏡の中の私／感性の出会いとの対話／信条／心の響き／心の目

祈りとともに――――179

救い／祈り／フルートとハープの協奏曲／生きるということ／生命の輝きの中に／季節の風／感性／高齢者と熟年／美しく生きたい／老いの輝きを／悲しみを越えて

触れ合いの中で

小さなぬくもり

ある日、ある時、私は「小さなぬくもり」のあることを感じた
その日、その時、私は「小さなぬくもり」の大切さを知った
それは、小さな、小さな、「小さなぬくもり」であった

ふとした、小さな出会いの中に「小さなぬくもり」を感じた
さりげない、小さな触れ合いの中に「小さなぬくもり」を感じた
人の言葉の中に、人の行為の中に

ふとした、小さな出会い

それは、大都会の混雑した路上のゆきかう人の中に
目と目が合って、微笑《ほほえ》みを交わしたとき

ふとした、小さな出会い
それは、ある郊外電車の中で隣り合わせた
幼児を抱いた若いお母さんと言葉を交わしたとき

ふとした、小さな出会い
それは、道に迷い、戸惑いながら見知らぬ人に救いを求め
快く親切に道順を教えてもらえたとき

ふとした、小さな出会い
それは、突然のにわか雨に降られ軒下《のきした》に、駆け込み

隣に居合わせた人と言葉を交わしたとき

ふとした、小さな出会い
それに、私達は折々に出会いながら気づかずに過ごしている
そして、「小さなぬくもり」の大切さを忘れてしまっている

ふとした、小さな出会い
その中に、「小さなぬくもり」の交流ができることを
それをよろこべる感性を見失ってしまったのだろうか?

さりげない、小さな触れ合い
それは、大切にしていたハンカチーフを見知らぬ人に
「これ、あなたのでは?」と差し出されたとき

出会い

私達の人生は、全て出会いに始まって出会いに終わる
人との出会い、自然との出会い、物との出会い、あらゆる出会いの中で
生活を営み、暮らしている

新しい出会いによって新しい発見をする
新しい出会いによって新しい道が開かれる
新しい出会いによって新しい自分を知り、新しく変わる

人との出会いによって愛というものを知り、憎しみをも知る

人との出会いによって喜びを感じ、苦しみや痛みを感じる
人との出会いによって楽しさを覚え、寂しさをも覚える

自然との出会いによって人間の計り知れない自然の偉大さに触れ
自然との出会いによって人間の感性は感動の喜びと輝きを呼び覚《さ》ます
自然との出会いによって人間の弱さや愚かしさを知らされ学ぶ

物との出会いによって人間の魂は、問いかけられ
物との出会いによって人間の尊厳が、叫ばれ
物との出会いによって人間の真価が表れる

あらゆる出会いは、人の成長を助け
あらゆる出会いは、人の心を広く豊かにし

あらゆる出会いは、人の人生に深い洞察と聡明な英知と分別を与える

さりげない、小さな触れ合い

或る日、気づかずにいた服のボタンのかけ忘れに
そーと周りに気づかれないように知らせ、かけてもらえたとき

さりげない、小さな触れ合い
それは、日常、数限りなくあることを、一つ一つ大切に覚えていようか?
そこに、暖かい優しい「小さなぬくもり」のあることを

さりげない、小さな触れ合い
その中に、親切と思いやりの心配りに応える感謝と有難さの心情の交流があり

そこに、人と人との「小さなぬくもり」の交流があることを
「小さなぬくもり」の中に、人は勇気づけられ、生き抜く力とよろこびを覚え
「小さなぬくもり」の交流を人は何より大切なものと感受できれば
「小さなぬくもり」の上に、共生の時代をより確かなものとして行くのでは？

対話

人と人との関係は出会いから始まる
人と人との関係はその関係性によるもの
その関係性は言葉のキャッチボールから生まれる
言葉のキャッチボールから始まる対話
対話によって人は関係性を強め、人と人との関係を構築して行く

言葉の行き交う中に人の感性はときには鋭く、ときには鈍く働き
鋭い感性は相手の心を鋭敏に捉え、関係性を深め広げることにもなろう
鈍い感性は相手の心を鈍感にうけとり、関係性を希薄にしたり壊したりもする

人と人との出会いは感性によって支配され、感性によって発展して行く
人と人との対話は感性によって言葉に輝きを与え、相互理解の価値あるものとなる

人と人との出会いと対話によって感性は磨かれ、豊かな人間性が育《はぐく》まれる
人と人との出会いと対話によって感性はより豊かなものとなる
対話は人と人とが向き合って互いを理解し合い、理解され合うもの
対話は人と人とが認め合い、受容し合う大切なもの
対話は人と人とが寛容と許容の機会と場を見出すもの

人と人との出会いは感性の出会いの場であり
人と人との対話は感性の交流の時である
感性との出会いは人と人とによって人間性を高め
対話は人と人との関係性をより確かなものとする

そして、感性との出会いと対話は、平和を構築し、人との出会いを喜びとする

愛

愛とは？
誰も、言葉によって表し、答えられない
誰もが表象《ひょうしょう》し難いもの
しかし、日常の暮らしの中に存在し続け、息づいているもの
それが、どのような形で表されようと、存在していることは確かなものである
愛がそこに在ると、気づき、気づかされることは、容易ではない
本当の愛、真実の愛においては、なおのことである

愛するということは？

人は、慈《いつく》しむこと、育むこと、愛情を注ぐこと、いとおしむこと、という
人は、心を尽すこと、思いを尽すこと、力を尽すこと、精神を尽すこと、という
生きとし生きるものは、互いの育み合いの中に愛することを学び
愛し合うことの大切さを覚え、
ときには、愛することなくしては生きられないことを悟る
愛することによって、力を得、勇気を得、喜びを得、望みを得、生きがいを感ず

愛されるということは？
生きとし生けるものは、愛されることによって育まれ
生きとし生けるものは、愛されることによって愛することを知る
愛されることによって、愛することを学び、愛することを覚える
愛されることによって、愛を認識し、その大切さを自覚する
愛されることによって、得たものの大きさを感受する

そして、感受した喜びや有難さは、愛することへと返される

愛し、愛されることとは？
愛し愛されることによって、総《すべ》てのものは、育まれ
愛し愛されることによって、愛を感じ、愛とは？　を知る
野の草でさえ、愛によって、目を覚まし、美しい可憐《かれん》な花を咲かせる
親を失い迷える子羊は、親の愛を探し求めながら、遍《あまね》き愛を求めている
虚偽の愛に傷ついた人達は、その痛みの中から、真実の愛を求めようとする
真実の愛は、深く、高く、広く、強く、生きる力となって生命を輝かせる

愛の働きは？
愛の働きは、この世の総てのものに、輝きを与え
愛の働きは、この世に平和をもたらす

真の愛を見失い迷う子羊たちよ

愛することが出来なくて迷い続けている子羊たちよ！
あなた達は、どうして愛することが出来ないのかしら？
あなた達は、どう愛してよいのか解らない、とでも言うのですか？
愛にノウハウやマニュアルがあるとでも言うのですか？
もし、あるとでも言うのでしたら、私に教えてください！
あるはずがないでしょう！　そのようなもの！

愛することが出来なくて悩み続けている子羊たちよ！
あなた達は、「愛」ってどのようなものだと思っているのかしら？

あなた達は、「愛」って何だか分からない、とでも言うのですか？
「愛」を知らないとでも言うのですか？
愛されたこと、愛したことがないとでも！
そんなこと信じられません！　そんなはずないでしょう！

愛され、この世に生を受け、誕生してきた子羊たちよ！
あなた達は、どうして愛を感受出来なかったのかしら？
あなた達は、愛されなかった、とでも言うのですか？
親の愛を、受けたことがないとでも言うのですか？
お母さんに愛を求め、愛されたいと思ったこと！
ないはずないでしょ！　絶対にあるはずです！

不幸にして、親の愛を感受出来なかったと言う子羊たちよ！

あなた達は、愛されたい愛したい、と真に願っているかしら？
あなた達は、真の愛を求めている、とでも言うのですか？
無償の愛を、捨て身の愛を試み、現し、示したことがあるとでも言うのですか？
お母さんに求めたような愛を与え、信じる愛の行為を実践してみること
今すぐに、今からでも遅くはないのです！　決して！

真の愛を見失い迷う子羊たちよ！
「愛」は、求めることから学び、与えることから始まるのです！
「真の愛」は、我が身を忘れ、心と思いと身を尽して、純粋に！
ひた向きに、ひたすらに、一途《いちず》に思う想いから！
無償の行為として、全てを受容し、忍耐強く、優しさと思いやりで包みこむ行為
愛の証《あかし》の実践により見出すものであり、迷うことなき不動のものを確信すること

未来に夢を

私たちは、小さい頃から、よく夢を描き、夢を抱《いだ》いて来たものです。

大人になったら、ああしたい、こうしたいと。

そして、偉人伝記をよく読み、こんな人、あんな人になりたいものと。

親兄弟や先生、そして友達にその夢を語り、未来を描いて楽しみにしたものです。

私たちは、成長するに従い、夢の実現の難しさ、厳しさを思い知らされて来たものです。

でも、その夢を忘れることは出来ませんでした。捨て切ることも出来ませんでした。

なんとか、夢を少しでも実現出来ればと、努力を惜しまず続けることに必死でした。

せめて、夢に近いことをと願い、諦《あきら》めることなくそのために一生懸命だったように思えます。

私たちは、大人になり、子どもの頃の夢は実現出来なくとも、夢の大切さを知っています。

私たちは、過去から現在、現在から未来へと、生命ある限り生き続けねばなりません。

私たちは、過去と現在がある限り、必ず未来はやって来て、その未来に生きるのです。

だから、私たちは、現在が大切な限りは、未来を大切に思う必然性があるのです。

私たちの、生涯において、過去と現在そして未来は同格に大切なものなのです。

誰しも、現在あるのは、過去があってのもの。過去の賜物《たまもの》、継承に依《よ》っていましょう。

誰しも、未来に向かって、未来に繋ぐ現在を生きているはずです。

誰しも、過去と現在と未来は、切っても切れない関係にあることを知っているはずでしょう。

私たちは、未来を大切に迎え入れることが出来ますように。

私たちは、未来を素晴らしい現在と繋げて、待ち望むことが出来ますように。

私は、未来に夢がもてません、ということが無きように、現在を生きるために。

どのような時も、未来に夢を描き、未来の夢を大切に抱き続けたいものです。

人と人との交信

人と人との関係性が希薄になり、心と心が交わり難く、通じ合い難くなったといわれる。

どうして？　と、自らに問い、あなたに問いかけてみる。返答は？

人と人との関係性が希薄になったということは、人を求めなくなったのでしょうか？

どうして？　と、自らに問い、あなたに問いかけてみる。返答は？

心と心が交わり難く、通じ難くなって来ているということは、どういうことでしょう。

どうして？　と、自らに問い、あなたに問いかけてみる。返答は？

この問いは、一言にして返答し難く、解答を容易になし得るものではなさそうです。時代の変遷と社会環境、教育環境の移り変わりの上での結果的現象なのでしょうか？

人と人との関係が疎遠になることを望ましいとでも考え、思うのでしょうか？自己の世界に籠《こも》り、人間関係の煩《わずら》わしさから遠ざかることを良かれと考え、思うとでも？

人は、社会的動物といわれる。人間らしくより良く生きていくには？社会関係の基礎となる人間関係を抜きにしては、生きられないのではないでしょうか？

人間教育の上に、その人間形成の過程で、この大切なものを軽視して来たのでしょうか？

人とどのように向き合い、どのような言葉と働きかけをすれば良いのか解らないといわれ、

人間的な付き合いよりも、社交的表面的な付き合いで、一過性で恰好《かっこう》良く終わらせて、

互いに、深い理解を求め合うことなく、親友に出会いたくとも出会えないと。

人を真に求め、共に生きるよろこびを求め、共感のよろこびを相互の力とし、

喜びも、悲しみも、苦しみも、そして痛みも分かち合え励まし支え合える関係を。

人と人との交信、より良き交信、より良き交わりとより良き信頼関係の大切さを、

人と人との交信をより良き交信として、より良き関係性を再構築させたいものです。

ルールとマナー

ルールってなあーに？
マナーってなあーに？
あなたは、幼き子たちに問われたら？　何と答えましょうか？

ルールって何ですか？
マナーって何ですか？
あなたは、少年たちに問われたら？　何と答えましょうか？

ルールって何ですか？

マナーって何ですか？
あなたは、青年たちに問われたら？　何と答えましょうか？
ルールって何ですか？
マナーって何ですか？
あなたは、大人たちに問われたら？　何と答えましょうか？

わたしは、こう答えましょう！　幼な子たちに。
ルールってお約束ごとなのよ！
マナーってお行儀よくすることなのよ！

わたしは、こう答えましょう！　少年たちに。
ルールって守らなければならない約束事をいうのではないかしら？

マナーって礼儀正しくすることではないかしら？

わたしは、こう答えましょう！　青年たちに。
ルールって規則ということじゃないの？
マナーってエチケットのことかしら？

わたしは、こう答えましょう！　大人たちに。
ルールって社会規範で、自ら守らなければならないものではないのですか？
マナーって社会的人間の関係性においての当然の行為であり作法ではないのですか？

あなたもわたしも、このルールそしてマナーを忘れたり、無視したりする情景を観《み》たり聞いたりして、
どうしたでしょう！　憤《いきどお》り、怒り、問いかけ、「守ろうよ！」と叫びましたか？

絆

人間どうしのつながりを、絆と言うならば、
人間どうし、それは人間同士であり、人間同志でもあろう。
人間同士とは、同じ仲間、友達同士、弱い者同士、等々であり、
人間同志とは、志を同じくする者と言えよう。

人間どうしのつながりを、絆と言うならば、
そのつながりは、繋がりであり、連なることであろう。
連繫、連係、連携、連帯、連体、等々であり、
何らかの意味合いで、また何らかの形で、関係性を継続しているものと言えよう。

人間どうしのつながりを、絆と言うならば、
この世に出生した時の、出会いから始まって、終生その関係性が消滅するまで継続しよう。
縁者としてのつながりに、血縁関係、地縁関係、社会関係、等々があり、
そのつながりは、切っても切れないつながりとして、その関係は続くこととなろう。

人間どうしのつながりを、絆と言うならば、
絆という言葉は、何と素晴らしい言葉であろう。
人間と人間の関係性を生み出し、その関係を繋ぎ、継続させ、深く結びつけている絆は。
人として、人間らしく生きて行く上に、喜びと力を与え、分かち合う大切なもの。

人間どうしのつながりを、絆と言うならば、
その絆を、大切に、堅持し、豊かな関係性を育み、構築して、
その絆に依って、出会いに感謝し、喜びと出来る、より豊かな生涯を送りたい。
希薄になったと言われている人とのつながりを、絆をより強く結ぶ復活を望み。

老人と子ども

人は、いつも、どのようなときも、幼い子のように、純粋無垢《むく》でありたいもの。
純粋にして汚れ《けが》無き者。そのまなざしは濁りなく、輝いている。
全てを信じ、すべての人に信頼を抱かせる。

「老いて子に返る」と言われるように、
老いて原点に返るが如く、老人は幼き子のように、純粋無垢に返るよう、
幼き頃、母親を慕い、母親を追い求め、母親に擁《いだ》かれていたときのように。

老人と子どもは、純粋無垢に向き合え、交われ、関係を結べるようだ。

純粋に出会え、率直に向き合え、素直な人間同士の交流が始められる。
自然に、在りのままの姿で、外観を装う必要もなく、交われる関係を。

老人と子どもの交わりの情景には、惹きつけられ、魅せられるものを感じる。
ほのぼのとした安らぎと、安堵《あんど》感。美しいとさえ感じさせる愛らしさ。
老人と子どもの交わりの姿にも、純粋無垢の美しさを羨望《せんぼう》の思いで観る。

老人と子どもの交わりの様《さま》は、悉《ことごと》く素晴らしく、絵になる情景である。
かねがね、その全ての情景を、パステル画で描いてみたいと思っていた。
パステルカラーが似つかわしく、虹の世界を描くように。

ユーモアのセンスを

ユーモアのセンスは、あらゆる対人関係において、とても大切なものだと思う。
人と人との対話するときの関係においても。
人と人との相互理解を必要とする関係においても。
人と人とが和解を求め合う関係においても。

ユーモアのセンスは、あらゆる対人関係にとって、とても大切なものとなろう。
人と人との会話を円滑に運び、発展させるためにも。
人と人との異文化の理解を可能にさせるためにも。
人と人との紛争解決の道を見出すためにも。

ユーモアのセンスは、人々を、笑いの世界に導き、閉ざされた心を開く作用をもつ。

ユーモアのセンスは、人々に、微笑みを与え、柔和さを感じさせる作用をもつ。

ユーモアのセンスは、人々に、人間的な共感を抱かせ、信頼感を与える作用をもつ。

ユーモアのセンスは、人々を、頓智《とんち》の世界に導き、苦笑《にがわら》いと愉快さを与える作用をもつ。


ユーモアのセンスが、人間関係に無くてはならないものだと、いつも思う私。

ユーモアのセンスを、持ち合わせている人に出会うと、羨望の思いを抱く私。

ユーモアのセンスは、ウイットのように、機智に富み、恰好良く思える私。

ユーモアのセンスが、私にあれば、どんなにか人との関係を上手《うま》く運べるのにと。

ユーモアのセンスは、絶対に品格のあるものでなければ嘘だとさえ思い、考える私。

ユーモアのセンスは、駄洒落《だじゃれ》のような馬鹿馬鹿しいものであってはならないと思う私。

ユーモアのセンスを、身に付けたくて、川柳でも学んでみようかと考える私。

ユーモアのセンスを、如何《どう》すれば、身に付けることが出来ようか？

返り咲く花

窓際のセントポーリア。

一昨年、三鉢から六鉢に株分けした。愛らしい花を咲かせ、私を楽しませ、慰め、元気づけ、喜ばせてくれるはずの私の期待に応えてくれなかったセントポーリア。

「どうして？　花を咲かせてくれないの？」と毎朝、声掛けをし、毎朝、蕾《つぼみ》の芽を葉っぱの間に、必死に見つけようとして来たこの一年であった。

五年ほど前になろうか？　スーパーの一角の花屋さんで、見つけ、その愛くるしい表情と私に語りかけて来ているような面立《おもだ》ちのセントポーリアの花に出会い、すっかり魅せられ、買い求めたのは。

まるで恋人に出会ったかのように、いとおしみ、会話をしながら育み、心を通わせて来た。

起床と同時にカーテンを開け、朝の陽光を受けながら、「おはよう！　今日も元気に頑張りましょう！」と朝の挨拶の声掛け、セントポーリアとの心（感性）の交わりから、私の一日は始まり、それが日課のように、習慣のように続けられて来た。

そこには、私とセントポーリアのぬくもりのある交流があった。

それは、小さな小さなぬくもりであり、私とセントポーリアだけが感じあえるぬくもりあった。まるで恋人どうしのようなぬくもりでもあった。

セントポーリアはいつも私の声掛けと、私の気持ちや思いに応えてくれているような表情を表し、声にならない言葉で応え、私の心情を受けとめているかのように花を咲かせ、優しく微笑み、ときには誇らしげに確信に満ちているようでもあった。


株分け後のこの一年は、まるで遠くへ行った恋人の帰りを待ち侘《わ》びるように、ときには失恋したかのように、花を咲かせてくれないセントポーリアに失望したり、思いが通じない自分に原因があるのではと落ち込んだ私。

この春の或る朝、私は一鉢のなかに花の蕾を見つけた。まさに返り咲くとはこんな感動を得ることかと思い知らされた。

信頼し待つことの大切さを学び、子育てに通ずるものを悟らされた。

次々と蕾が生まれ出て来て、蕾はふくらみ、花を咲かせ、今、六鉢とも、元気に生き生きと愛らしく誇らしげに咲き誇り、「凛《りん》」としている様《さま》である。

そして、これまで以上に、セントポーリアとの交流の中に、「小さなぬくもり」の温かみを覚え、「小さなぬくもり」の大切さを感じられる感性を失うことなく、大切にして行きたいと思う今日この頃の私。

考えることの大切さ

言＝言葉

聖書のヨハネによる福音書第一章第一節から第五節に記されているように
1：初めに言《ことば》があった。言は神と共にあった。言は神であった。
2：この言は初めに神と共にあった。
3：すべてのものは、これによってできた。できたもののうち、一つとしてこれによらないものはなかった。
4：この言に命があった。そしてこの命は人の光であった。
5：光は闇の中に輝いている。そして、闇はこれに勝たなかった。
私たちは、これまで、「言葉」について考えてみたことがありましょうか？
この世に生命《いのち》を授けられ、誕生した時から、言葉に出会っている私たち

言葉をかけられた時から、人との出会いは始まっていた私たち
こんにちは赤ちゃん！　それは人との出会いの始まりで、生の営みの始まりでした
愛情に満ち満ちたお母さんの優しい言葉であったでしょうか
確信に満ち満ちたお父さんの逞《たくま》しい言葉であったでしょうか
この頃では、胎児への声掛けの大切ささえ叫ばれていましょう
お母さんの胎内に生命の誕生を認められた時から言葉の出会いは始まっています

私たちは、これまで、「言葉」の大切さについて考えてみたことがありましょうか？
自分の思いを伝えるものであり、心を表すものであり、感性を訴えるものでしょう
あなたの思いを理解し、心を受けとめ、感性を共感し合えるために必要なものでしょう
すべてを語り、すべてを表し、理解と感受を求め合うために無くてはならないものでは

一言一言にこめられた気持ちや思い、感性や心情、そしてよろこびや悲しみ、痛みを
私たちは、その一言一言の重みを大切に受け留めてきたでしょうか
私たちは、その一言一言の言葉に丁寧に思いと心を尽して答えてきたでしょうか
時には曖昧《あいまい》に、時にはいい加減に、そして聞き流したりして言葉を軽くあしらって

私たちは、これまで、「言葉」の効用を考えてみたことがありましょうか?
言葉は、人と人との出会いによるつながりをつくり出すものだということを
言葉は、人と人との深い、強い、絆を生み出すものだということを
そして、人と人との関係性の大切さを知らしめ
人を求め、人の求めに応じ答えることの意味を学ばせ
人を愛し、人によって生かされ、相関関係から相互関係にあることを感知し
共にあることを大切に思い、大切に伝え合うための言葉の効用を知らされる

言葉によって、生かされ、生かされ合うよろこびを知り
言葉がどれほど、自分にとって大切なものであるかを知るのでしょう

人間汚染

人間は環境の動物だと言われてきた
環境に支配されてきた人間
環境に汚染されてきた人間
環境に破壊されてきた人間
そして人間喪失と言われてきてひさしい人間

そんな人間が己を知らずか、己を忘れてか
傲慢《ごうまん》にも、神をも恐れず、地球を支配し、宇宙をも支配しようとして来たではないか

文明の利器をもって地球環境の汚染と破壊をして来たではないか
人間の功利主義や自己中心的な利得を求め、他者との関係や総合的な関係から目を
そむけ、結果的に人間自らの墓穴を掘ることに気づくことなく来た人間

自然との共存が生きとし生けるものの原則であることを忘れてしまった人間
本来あるべき姿を自ら見失ってしまった人間
生命あるものを育みいとおしむことの大切さとすばらしさを感受し難くなってきた
人間

人間の品性と品格は何処《いずこ》へ、人間らしい知性と感性は何処へ
このような人間の生きざまを人間汚染と称したい

人の善意、その善意による行為

今日私は、「Pay It Forward」（ペイ・フォワード　可能の王国）という題名の映画を
観た
老いも若きも、男も女も、全ての人々が善意の行為でこの世を満たすには
人から受けた一つの善意とその行為に
三つの善意と行為で応えること
それをルールに暮らし、生きることが出来たらと……
人は、どんなにか、棲《す》みやすく、生きやすくなろうか
共に支えあい、共に助け合い、共に生きるときが来たといえ
信じ合い、許し合い、認め合うことの難しいこの世の中で

たった一つの善意とその行為が三倍に、三乗に拡がって行くとしたら
たった一つの善意とその行為を受け留めることさえ困難なことであろうとも
その善意を信じることから、
その善意による行為に感謝の想いを抱くことから
全てが始まり、善意に満ちた人々と、善行の交わりによって
共生の世が、善き世の到来を
待ち望み続けて来た、
棲みやすい平和な世の到来を看《み》ることができるのではと
善意の始まりから、その善意による行為の始まりから
善意と善行に満ちた社会と世が、社会を変え世界を変えようと感動させられた

人間らしさの回復を求めて

人間らしさって一体何なの？　とよく問われ
人間性について、あなたは考えたことないの？　と、わたしは問い返す
あの人は、人間性の豊かな人ね！　とか
人間として、人間らしくありたいわね！
と、人はよく言いませんか？
人として、この世に生まれて来た以上は人間らしくあることは当然のことであり
人間らしくあることは望ましいことであり、あるべき姿ではないかしら？

わたしは、思うのだけど、人間らしさって他の動物と異なっていて知性を備え

品位と品格を自《おの》ずと備えようとするものではないかと
例えば、感覚的、衝動的な言動をしたり、思慮や分別のない行動をとったりするこ
との中に人間らしさを見失っているように思えてならないのだけれど
人間の本来あるべき姿ってどういうものかを問い直してみることの必要な時が来て
いるように思えてならないのだけれど！
人間が幸せに生きるためには人間らしい生き方を欠くことは出来ないと思わない？

それと、人間らしい感性を持ち備えることの大切さを思い知らされることが多いの
よね
勿論、感性と感覚的、衝動的とは本質を異にするものであることは当然でしょ
人間の豊かな感性は、共感や思いやり、情感や心情を生み出し、他者を大切に思え
向き合うものを受け入れ、時には異質なものをも受け留めようと努力を促し、己を
もコントロール出来る自制心を生み出せる

感性の豊かさは、異文化の世界を想像へと導く
こんな感性の素晴らしさを備えていたはずの人間らしさをも回復させたい！
なんとしても！

共存のストーリー

今日に生き、明日に生きようと懸命に生きている我々人間
この地球上のあらゆる生物、いいえ万物と共生し共存して行かねばならない
人間社会が全てのように、万物との共存の必然性と自然の理を忘れて来た我々
今、生きとし生けるものの本来の営みを問い直してみる時が来ている
人間の傲慢《ごうまん》さが他者との共存の大切さを忘れさせたのか？
人間社会の営みが万物との共存の必然性を認知の外に追いやったのか？
自然の営みにおいての自然淘汰の中に弱肉強食の競争はあったとしても
存命のための必要最小限の範囲に止まり、我欲に走るものではなかった
ところがどうであろう！

人間の創り出した文明社会、人間が文化と称して
この地球を、宇宙を我が物のようにいつの間にか支配しようとして来たではないか
文化とは？　世の中が開け進むこと？　人間が人間の理想を実現してゆく過程だって？
文明とは？　文化・教育が盛んになり世が開け進むことだって？
人間中心社会の人間のための文化・文明なんて！
宇宙・地球創造のときからの万物の霊長として許され認められることなのか？
天地創造の主よ！　答えてください！
今や、人間は地球上の王者のように、絶対者のように、文化の向上文明の発展のためと
自然環境の破壊を招き、地球環境を汚染し、地球上の生態を無視し
棲息者たちの生息を脅《おびや》かし、阻《はば》んで来たではないか！
今や、地球環境問題が人間自らの墓穴を掘る結果を招き苦しみ始めているのでは？

進展とばかりに、もう後には戻れないと、新たな資源を求めて宇宙開発に向かう
少しおかしいのではないか？　クレイジー、狂い間違いを犯しているのでは？
もう絶対に引き返せないものだろうか？
出来ることなら引き返したい！
人間中心の地球環境から本来のあるべき姿の自然環境を取り戻したい！
地球上の万物と生息を共にし、天地創造の主、創造主に委《ゆだ》ね従いたい！
「ああ！　創造主よ！　われわれ人間の犯した傲慢な独裁的地球支配の罪を
自然環境破壊の罪の自責を負わしめ、その罪を償わしめてください！」
共生の時代、地球社会の営みの中に在るわれわれ人間は
万物と共に共存することの大切さを思い知り、万物との共存の営みに立ち返り
全てをいとおしみ、平和に共存出来る寛容の、許諾《きよだく》の、営みのために
共存のストーリーを描いて、その道に立ち返る信条と勇気をもって向かいたい！

森の時計

時の流れに、我は身を置き、身を任せ、人の世を悟り
時の流れに、我を問い、我を語りて、我を知り
時の流れに、万物の霊長を感知し、宇宙を論ず

普遍的なるものを求めて、歴史をひもとき、今を認識し、時代を洞察する
普遍的なるものを求めて、哲学を究《きわ》め、神秘なる真理と絶対性を認知しようとする
普遍的なるものを求めて、真、善、美を創造の世界に具現化しようとする

自然の育みの中に、生息し、その恩恵に与《あず》かっていることを忘れ

自然の育みの中に、人間の自己本意の愚かしさが自然破壊という墓穴を掘り
自然の育みの中に、文明の利器のためと自然の摂理に造反し、苦しみを招いている

文明の発達と発展のために、人間は自ら多くのたいせつなものを失って来た
文明の発達と発展のために、生命あるものとして不可欠のものを失《な》くして来た
文明の発達と発展のために、自然破壊に止まらず継承すべき文化をも破壊して来た

文明は時の流れを変え、森の時計を違《たが》わせ、森の時計を破壊し
文明は時の流れを変え、自然の営みを違わせ、生息するものを絶滅に導く
文明は時の流れを変え、生命あるものの共生を阻み、自然の摂理を犯す

森の時計は、自然の摂理に基準を置いており
森の時計は、万物の共存の羅針盤でもあり

森の時計は、生命あるものの棲息の場での普遍的な時の流れを計り示すもの

今や問われ、急がれている、自然保護、環境保護、地球保護のためにも
今や問われ、急がれている、平和共存の地球社会、地球環境のためにも
森の時計を違わすことなく、自然の摂理の尊厳を守り、時の基準を森の時計に合わせねば

不安と平安

人は今日あることに感謝し、昨日のことを、喜び、悲しみ、悔やみ、経験とする
心満ちた喜びの経験であれ、悔やまれる悲しみや痛み苦しみの経験であろうとも
明日への前進の勇気と自信へと繋がり、価値ある経験として得難いものともなる
それが明日への信頼と確信に抱かれたものであるならば

人は明日を確かなものとして迎えられることを、今日の今日、今の今、信じられようか

明日を信じ、明日に期待を寄せ、明日を待つ思いの中に一抹《いちまつ》の不安をもっている
明日のことは誰も解らない　だから人は誰しも今日を精一杯生きようとする

そして一寸先の闇の世界に光を見出そうと、いつも平安を求めて生きている
人は不安を抱《いだ》きながら、祈りの中に、常に確信に満ちた平安を求め続けている
明日も、明日こそは、明るく健《すこ》やかな安らぎを覚える一日でありますようにと
何事も平穏無事に、平和の中に過ごせますようにと、祈りと共にある
不安を取り除き、確信に満ちた平安を得ようと、追い求める

人は明日を信じ、明日が平安の中に過ごせるようにと祈願する
全てを信じ、全てを確信に満ちたものに委ね、その中に、平安を得ようと
光は闇の中に輝いていると聖書にも記されているではないか
平安を得るために、全てを委ね、確信に満ちるものを求めてやまない

人は祈りの中に暮らし、生きている

祈りと共に在り、祈りの中に不安を消し、祈りの中に平安を得て
明日を信じて生きている　不安と平安との隣り合わせの中に、
未だ見ぬものの中に確信を見出し、信じるように、闇の中に光を見出す

ある視点

「彼女を見ればわかること」（Things You Can Tell Just by Looking at Her）という
映画を観た。
女性のそれぞれの孤独感が描かれたオムニバス。
それぞれが生活の中に抱《かか》え込んでいる孤独感
この孤独感についての個々のエピソードに、多角的な視点を感じさせられた。
孤独とは如何なるものかと問われるとき
人は、閉ざされた暗い孤独を想像したり、時には開かれた豊かな孤独を想像する。
一人で生きている自分が嫌いになっていく孤独、或いは好きになっていく孤独。
孤独からくる不安、孤独を恐れる気持ち。

人生の悩みや惑いの中に感ずる孤独感。
心の空白の中に、子離れの上に、死への恐れの時に、また人生を謳歌《おうか》しようと
自立した生き方の中に、葛藤と自分自身への愛を必死に求めながら
現在を懸命に生きる。
弱く傷つきやすい存在の中に、触れ合いを求め続ける。
心は堅く閉ざされていようと。
新たに出会う人々の中に、それぞれの別離を迎える人々の中に
孤独というものをそれぞれに感じ、覚える。
孤独感に咽《むせ》び泣き、孤独感に苛《さいな》まれながらも、人生を実感し、人生を学び
自らの人生行路を選択し、自分らしい生き方を追い求める上の孤独との遭遇。
人との向き合い、人との関係において、人は自分を構築して行く。
それぞれの孤独、それぞれの孤独感の上に、ある視点を発見する。
ある視点はその生き方を示し、その生き様を語り、生ある人の証でもある。

小さな小さな世界と大きな大きな世界

小さな小さな世界に向かってどんどん進んで行くと
その世界は一体どこまで続くのだろう？
ミクロの世界に飛び込んで、未だ見ぬ世界の探検の旅をしてみたい
小さな小さな世界には、壁があって、行き止まりがあるのだろうか？
それとも、延々と続く無限の世界へと導かれて行くのだろうか？
果てしなく続く、小さな小さな世界、狭い狭い世界、想像も出来ない世界へ
未知の世界への旅、探検の旅へ
どきどき、わくわく、驚異の世界への挑戦と冒険の旅を
小さな小さな世界に夢と自分を託して

大きな大きな世界に向かってどんどん進んで行くと
その世界は一体どこまで拡がり続くのだろう?
宇宙の世界に飛び出して、未だ見ぬ世界の探検の旅をしてみたい
大きな大きな世界には、壁があって、行き止まりがあるのだろうか?
それとも、延々と続く無限の世界へと導かれて行くのだろうか?
果てしなく続く、大きな大きな世界、広い広い世界、想像も出来ない世界へ
未知の世界への旅、探検の旅へ
どきどき、わくわく、驚異の世界への挑戦と冒険の旅を
大きな大きな世界に夢と自分を託して

この小さな小さな世界や大きな大きな世界は、いつから存在したのだろう?
この小さな小さな世界と大きな大きな世界は、どうして創られたのだろう?

この小さな小さな世界と大きな大きな世界は、だれが創造主なのだろう？

この小さな小さな世界には、私たち人間が入り込めないようなミクロの世界
この大きな大きな世界から観ると、私たち人間は見えないほどの小さな存在
これらの無限の極小、極大の世界の創造主から考えてみてごらん？
私たち人間は無に等しく、創られたものとして無力な存在
私たち人間が科学や文明で創り出してきたものは、価値の無いものにさえ思えてもくる
そして、人間の知恵や力は創造主に比べて無に等しく、何と無力なものだろう
人間がミクロの世界や宇宙を征服し支配出来ようなんて
想像するだけでも恐ろしく、愚かしいことのように思えてならない
私たちは、科学が万能と考えず、宇宙の原理、永遠の真理に謙虚でありたいと思う
コロンブスが大陸を発見したのとは違うように思えてならない

平和の構築のために

誰もが平和であることを願い、平和を求め、平和に生きたいと祈っています。それなのに、どうして争いが生じて、紛争が起きて、戦争にまで発展するのでしょう！

戦争の苦しみと悲惨さを経験した誰もが、その惨禍を二度と招いてはならないと切実に願っています。

それなのに、どうして戦争への道を絶対否定し、和解の道を探り、平和的解決に全てを尽くせないのでしょう！

今や、共生の時代を迎え、残された道は平和共存の道のみと、誰もが、気づき認知しています。

それなのに、どうして相互理解の努力に全力を尽くし、互いに認め合い尊厳し合えないのでしょう！


人間の尊厳は、先ず、生命の尊厳を前提に平和の中にあることは、誰もが、解っていることです。

それなのに、どうして平和共存を絶対条件として、生命の尊厳と共に生きることを前提条件と出来ないのでしょう！


共存共生は、受容と容認、寛容と許容、分かち合いと助け合いを必要不可欠条件と、誰もが、考えています。

それなのに、どうして自己のことのみ、自国のことのみに捕らわれ、共存共生の道を阻もうとするのでしょう！

身近な暮らしの場面から世界社会の国際関係の場面に至る紛争解決を和解と平和の構築によって、求めます！

それなのに、どうして争いや紛争が絶えることなく、それによって人間の尊厳が失われ続けているのでしょう！

もう、如何なる争い紛争であろうとも戦争の道を、人間の尊厳を失わす道を認めることは出来ません。

今こそ、次代を担う世界の若者たちに、再び同じ人類の惨禍を、過ちを犯させることの無きように！

誰もが、祈り、願い、認知し、解っていて、考えていて、求めている平和の構築のために。

道を示し、道を開き、戦争の惨禍を繰り返すことの無き歴史を平和の構築へと。

人間の本質的平等

人間は生まれながらにして権利を享有《きょうゆう》している。

これを人権と称し、尊厳尊重し、本質的平等なものとして堅持されなければならない。

よって、男女の差別、老若の差別、人種による差別等々は許されない。

周知の通りでありながら、憲法制定後五十数年の今も、問題を残し、引きずり続けている。

かの名言に「天は人の上に人をつくらず人の下に人をつくらず」と示されているように、

人間は、本質的に、平等なもので、平等に人間として尊重すべきものであるということ。

故に、全ての人間、人間に関する全ての関係に、差別は、絶対に許されないことである。

強者、強い立場にある者が、弱者、弱い立場にある者への差別や抑圧、強制等は。

現代的身近な課題としての、両性の本質的平等、男女の差別について考察してみるに——

ジェンダー・バイアスにはじまり、ドメスティック・バイオレンスの現象と問題は？

男女の両性の本質的平等が男女の特質と特性の相異により阻害されている場合。

男女の両性の本質的平等が人間の本質的平等と同等に考えられず阻害されている場合。

多くの事例を通して、考察するに——
潜在的意識から生ずる差別、固定観念から生ずる差別、歴史的古文化の継承による差別等、
両性の本質的平等を阻害する男性とは、女性とはとの潜在的固定観念は、未だ強く、それぞれの特性が互いに理解されておらず、その特性が尊重されるに至っていない現状である。

両性の本質的平等から人間の本質的平等の実現をみるに至るのか?
人間の本質的平等の実現をみることによって両性の本質的平等が可能となるのか?
相互の尊重を必要とする本質的平等の実現は、相互理解の前提となる自己確立が必要で、
人間の本質的平等を真に実現するためには、確立された関係においてのみ可能となろう。

全て人間関係を基とする関係において、人間の本質的平等を真に実現するには、家族関係においてであれ、社会関係においてであれ、全て人間の関係においては、人間の確立された関係においてこそ、相互の理解と相互の尊重が可能となり、人間個々の尊厳と個人の尊重の必然性が認められ、本質的平等が可能となろう。

結婚の条件

結婚の成就には様々な出会いから始まっての、動機、目的そして条件があろう。
出会いから成就に至るまでの、双方の合致点も様々であろう。
結婚に双方が合意した時点においての、結婚観の合致点も様々であろう。
結婚の動機、目的、条件等々においての、双方の合致点も様々であろう。

結婚を成就するに至ったということはどういうことであろうか?
結婚は双方の合意において、成立し、成就できるのであって、
その合意は、どのようなものであり、あったのであろうか?
その合意は、どのような要件を満たし、双方互いにどのような確認を得たものであ

ろうか？


結婚を成就するに至ったということは、永久の契《ちぎ》りを結んだということでは？

その合意は、永遠の愛を誓い、貧しい時も、病める時も変わらぬ愛で助け合ってでは？

その合意の要件は、互いの協調と協力関係を基に和合して行くとの誓い合いでは？

互いに、共同生活を営む上に、理解し合い、認め合い、許容し合う関係での結婚では？


当世風の、飛んだ結婚観、夫婦観で、契約結婚をしたり、別居結婚をしたとしても。

私達は、五年間という期間内限定の結婚を約束し契約した契約結婚なのです。

私達は、子どもを産んで育てる自信がないので、子どもはつくらない約束の契約結婚です。

私達は、別居生活で、同居しない夫婦として、結婚に合意し約束した別居結婚ですと。

法律的要件を満たして、成就する結婚である法律婚であれ、
法律婚の要件を備えずして、成就する事実婚であろうと、
また、公認されようとされまいと、届け出をしようとしまいと。
それぞれの価値観、男女観、夫婦観そして結婚観によって多様な結婚の形態が存在しようと。

その関係性において、より望ましい関係を求めるならば。
結婚成就のための実質要件として、結婚の条件をまず、前提に備えるべきことであろう！
結婚の条件とは、四要件を備えた上で、合意を得、相互理解と相互尊重の実現であ

ろう。

四要件とは、精神的自立、経済的自立、社会的自立、性的自立である。

大地の叫び

私たちは、この大地に誕生し、育まれて、歴史を記して来ました。
この大地の恵みによって、生まれた生命あるもの全てと共に。
この大地に立って、生かされ、棲息し、祖先から子孫へと。
この大地を踏みしめ、一歩一歩、足跡を残して来ました。
この大地に確《しっか》りと、根をおろし、風雪や天変地異に向き合い、負けることなく。

私たちは、この大地に誕生し、育まれて、歴史を記して来ました。
この大地の恵みは、天地創造の創り主によって、造られ。
この大地の育みは、創造主の業によって、見守られ、成し遂げられ。

この大地の森羅万象を、生きとし生けるものは、甘受《かんじゅ》して来ました。
この大地の恩恵に、深い信頼を寄せ、絶えることのなき愛情を注ぎ続けながら。

私たちは、この大地に誕生し、育まれて、歴史を記して来ました。
この大地は、人間の発展という欲望の中に苛まれて。
この大地は、人間の開発という目的行為の下で破壊され。
この大地は、自然の営みを、生命あるものへの育みを阻止されて来ました。
この大地は、叫び、叫び続け、人間の愚かしい行為と歩みに気づかせようと。

私たちは、この大地に誕生し、育まれて、歴史を記して来ました。
この大地は、無限の宇宙に、創造主によって創られたものの唯一。
この大地は、永遠に生命あるものとして、決して滅亡させてはならないもの。
この大地は、人間の自己本位的な無知と、短絡《たんらく》的愚行によって支配されることを。

この大地は、叫び、叫び続けていることを。

自由について

自由とは

自由の定義は、広い意味で、存在するものが、外からや内からの力の強制や拘束、そしてまた妨害なしに、その本性あるいはその意志に従って働くことのできることといえよう。物体の自由な動態から人間の自由意志までを意味しよう。

ここでは、狭い意味での「行動の自由」と「意志決定の自由」の視点から考えてみる。

「行動の自由」は事実上の自由の問題で、外からの拘束に対する意味での強制からの自由であり、自由意志を否定するものからの自由でもある。この中には、「身体的自由」「心理的自由」「倫理的自由」「社会的政治的自由」「必然性の認識にもとづく自由」とがあろう。

「身体的自由」とは、外的な拘束をうけずに身体を動かすことができることで、「心理的自由」とは外的な力によって決定されることなく、その本性からくる心理的傾向に従って行動しうることである。

「倫理的自由」とは意識的自己に外的な無意識や本能的衝動や狂気に支配されることなく、自らの望むところを知り、理性や良心にかなった仕方で行動しうることであり、「社会的政治的自由」とは、種々の社会的強制をうけずに行動しうる結社集会の自由、思想表現の自由、信仰の自由等である。

また、「必然性の認識にもとづく自由」とは、自然や社会を支配する必然性を認識し、それに従うことによってそれを支配するものである。

「意志決定の自由」とは、原理上の自由の問題であり、「無差別的選択の自由」のようにあらゆる動機や理由から独立に意志が自己決定しうることであり、神にしか認めえないとされるもので、等価値の動機しかないときにも自己決定しうる能力といえよう。また外的な力によって余儀なくされるのではなく、内的な理由や動機にもとづいて自己決定する能力ともいえるものでもあろう。

自由主義

社会的伝統・習慣・宗教上のドグマ等の拘束や侵害から、個人の自由な思想や言動を保護し、それを伸張したいと願う意向・運動を意味し、個人主義的で世界観としての世界主義、信教自由の精神、ヒューマニズムも同じ視座にたつものといえよう。

自由意志

人間の自由の問題は意志の問題でもあり、責任の問題でもある。

各人が責任をもつためには各人の行為は単に外部の原因だけで決定されるのではなく、外部からの原因と共に各人自身の自由なる意志が働いているとみなければならなかろう。故に道徳、法律等の如き社会秩序を保つ上には自由意志が前提とされるべきであろう。

自由意志とは、個人が自己の意志を自由に決定しうるという、意志の自由を意味する。意志の自由はまず選択の自由と解される。相対《あい》立する動機のいずれかを選んで決定し得る自由であり、意思決定の自由はその決定に対する責任の意識に関わってくる。

意思決定において個人が自己自身の本質に対してのみ責任を負い得る場合、意志の自由は可能となろう。原因なしに自己の責任において開始する恣意《しい》として、動機なき意思決定の主張であると共に人格の要求を意味しよう。

自由と不安

自由は運命に対立し運命を克服すべきものではなく、むしろそれに仕えることによって協調を見出す。人間は自己の可能性を自由に引き受けることはできず、存在の運命性は有限性という人間存在の基本構造と共に与えられたものである。

不安は、自己のうちに無をはらむ自由な存在が自らの自由を意識する、自由の可能性における、自由の自己自身への反省にほかならない。

自由と可能性

可能性はそのつどの現実性のあり方に応じて、幅のある範囲であり、通常いくつかの選択肢に分かれている。可能性の選択に直面して、人間の自由は活動する。自由の活動とともに、可能性はさらに開かれる。

自由と実践

人間的能動性（思惟）と自然的事物（存在）とは、実践具体的・現実的に統一される。
実践は未来における未だ実現されていないものに向かって、現実を乗り越えるもので、否定的現実の未来的乗り越えという構造をもち、人間は、先行した時代の残した諸条件（現実）の上に歴史（未来）を創造して行く存在ともいえる。

よって、実践は、自発的な人間投企《とうき》であるがゆえに、本来的に自由でなければならない。そして、自由な目的意識によってなされなければならないものであろう。

ところが、高度に科学が発達し、産業が機械化されている現代のような資本主義社会においては、人間の自由は存在に蹂躙《じゅうりん》され、実践の設定は機械が行うこととなり、人間が人間を支配し、搾取する体制が続くかぎり、人間の存在、人間の真の自由の存在は実践の上において遵守《じゅんしゅ》され得ようか。

自由と状況

われわれは状況の中に置かれている。

状況とは、人間の外側から課せられる出来上がったある種の枠組みではなく、人間は、ある場合状況の中におり、ある場合には状況の外にいるというものでもなく、決して人間的自由の恣意のままにはなるものではなかろう。

状況とは、自分自身の目的的行為によって照らし明らかにされる事物の世界の絶対的事実性であると同時に、世界の事実性を自分にとってそこに存在させるようにするものとしての、自分自身の限界のない自由でもある。

状況とは、人間と事物との、絡みあった相互の存在関係であり、人間は「自己をつくる」ことによって「状況をつくる」。そしてまた人間は「状況をつくる」ことによって「自己をつくる」ものといえよう。

状況とは、各主体の自由な投企を抜きにしては語り得ないもので、自分は自分の状況を実現し、他者は他者の状況を実現する。

自分と他者とは相克の関係ともなる。

自由と即自・対自・対他

ヘーゲル哲学に由来するサルトル哲学の概念、即自とは、自己充足的に存在し、自身の中にいかなる否定も含まず、自由の一かけらもない存在のこと。

対自とは、つねに自己の中に「あらぬ」という否定の契機を蔵した不安の存在であり、この存在は絶えず現にある自らを否定し、それを未来的に乗り越えようとするもの。

サルトルは、このあり方が意識存在としての人間の本来的なあり方だと考えていて、人間は本来的に自由であると。

ということは、人間はいつでも現にある自己を否定して別のものになる可能性をもっているということであり、人間は本来そういう存在としてしか在り得ない。自己をつねに未来に投げかけることなしには存在し得ないと。そして人間は対自存在として根源的に自由な投企であると考える。

自由な対自に他者が対立する。自分と他者は単に外形的にして、並列的に存在するのではなく、互いに「他ではあらぬ」という相互的否定、内面的存在関係を生きていて、「自己自身としての対自はそれがその存在において他者であらぬものとして問題にされるかぎりにおいて、自己の存在の中に他者の存在を含む」ものと考える。

対他とは、他者に直面した自分は、他者にとっては一つの対象存在になり、これが自分の対他であり対他存在であると考える。

自分の対他存在とは、非現実的な存在ではなく現実的な一存在であり、他者の面前における自分の自己性の条件としての自分の存在そのものであり、これらの関係において自由をみるものであろう。

個人的自由と集団

個人の自由と集団との関係は、個人の自由をアプリオリに措定《そてい》し、それを制限するものとしての集団というように規定させてはならない。

個人の自由というのは一つの抽象であって、社会を問題にする際には不毛な概念である。個人の自由に固執することはそれ自体一つの疎外された思考形態であり、惰性的な無力さの中で維持せんとするブルジョアイデオロギーに他ならないであろう。

革命的集団化においては、成員は集団の中に自己の本来的自由を発見し、集団において個人となり、共同によって自由となる。孤立化した諸々の「私」は、集団において自由な「われわれ」として再生する。集団の「われわれ」とは、自由な実践的な「私」の遍在に他ならないと言えよう。

自由と権力

「権力あるところに自由なし」という言葉はアナキズムの志向を端的に語るものであろう。現代の人間社会は、どのような体制をとろうとも、少数の支配階級と多数の被支配階級とが公然とあるいは暗黙の中に厳しく対立し敵対し合っている社会である。

支配階級は必然的に権力を掌握し、被支配階級はその権力機構―国家の中で本来の人間的な自由、全体的な人間性を喪失せざるを得ない。自由とは、まず何よりも権力からの自由、人間による人間の支配からの自由でなければならないことは言うまでもない。

人間的自由を確立するということは、人間による人間の権力的支配を廃絶するということをおいて外にないと言えよう。

一方に権力を握っている人間たちが存在し、他方にその権力によって支配されている人間たちが存在しているとき、そこには真の自由は存在し得ないことは確かである。支配者たちでさえも本来的な意味での全的自由はあり得ない。なぜなら、支配者たちは他の人々の自由を抑圧しており、そのかぎり自由の全的実現を自ら妨げているのである故。

地上で一人でも自由ではない人間が存在するとき、他の全ての人間もまた自由ではあり得ない。人間の全的解放以外の一切は無であるとも言えよう。

個と全体との関係においての自由

自由において、個人の無制限な自由はあり得ないことは言うまでもない。もし、権力に代わるものとして無制限な個人の自由が許されるものとすれば、われわれは、現在の社会生活のレベルにおいては必然的に混乱状態に陥ってしまうであろう。自他の関係においても、自ずと制約を認めざるを得ない。あくまでも、人間性の尊厳を基に、人間の本質的平等を前提に。

あくまで法の下の平等の上に個として確立し、個として、人間社会の集団の一員として、個と全体との公正、公平な基準としての社会規範・社会ルールによって自由は制約を有するものであり、責任と義務の履行を果たすことによって自由は認められ、自由は人間にとって価値あるものとなろう。

共生共存の世界平和構築の上に

今や、宇宙時代、惑星との交信、共生共存の時代を近くに展望し、地球地上の国際親善と平和共存は、眼前の必然的要件とされ、平和社会の構築の実現を待つまでもなく急務とされる時を迎えていよう!!

第二次世界大戦の敗戦を転機に、平和憲法をもって、世界国際社会の国々に恒久平和と平和構築を約束し、永久平和の実現を償いとして世界平和の永世平和の実現を誓い、今日に至っている。そのことは戦争経験の無き世代に確信をもって知らしめ、伝え、二度と繰り返すことなく、平和の尊さを次代に継承すべく、日々新たな責任を負っていることを忘れてはならない。

その責任と使命を再認識し、常に戦争の惨禍を忘れず、また知らない全ての人々に伝え知らせ、再認識を呼び覚ます努めは、決して怠ってはならないと。

国際紛争を招く可能性の事態を窺い知る度に思い知らされることがある。学生時代に世界的平和憲法学者の故田畑忍先生と学生食堂のサロンで時間を忘れて論義を繰り返し、また、当時、世界的法哲学者で最高裁裁判官であった田中耕太郎先生の『平和の法哲学』を、大切な愛読書として幾度も繰り返し読んだ。

平和の実現は、共存・共栄の基盤の上に平和共存が可能となり、真の共存が平和の中に成り立つものであり、共に生き、共に繁栄し共に、生かされることであろう。繁栄は共にさかえ繁盛することでもあろう。

戦後、新制市立中学校（公立の地域、区画の学区制度の）を卒業し、新制度の府立高校を受験し（全て男女共学制度の下）、入学。卒業後、私立《ミッション》の新島襄創設の同志社大学法学部法律学科へ入学し、出会ったのが恒久平和主義の世界的平和憲法学者、田畑忍教授であった。

先生の恒久平和主義の平和理論は授業の教壇から聴き、学ぶだけでなく、折々にランチタイムに地下の学生食堂のサロンで我々学生と交わり、そこでも聴くことが出来た。

特に法学部学生四百名中、女子学生は十余名ばかりであった故か、楽しそうに語りかけてくださり、先生との直接的な触れ合い、交わりの機会に恵まれた。「平和憲法」や「世界平和を構築することへの理想的な議論と恒久平和主義と、世界平和を構築する為に」とのサロンでの語り合いは、戦後の新制大学、新たな学びの場で、若い青春期の学生達（特に法学部の学生達）には理想と新しい時代の世界平和の実現の夢が与えられ鼓舞《こぶ》された。戦後の新たな民主社会、平和社会、世界平和等々の実現のための夢と理想に勇気づけられて来た。

田畑教授の愛弟子《まなでし》（一番弟子）に、その後に日本社会党党首として活躍し、頑張り続けて来た土井たか子先輩が存在した。我々後輩に恒久平和主義に徹し、世界平和の実現の夢を語り続けられた。それにより勇気づけられ、後に続く我々は確信と力を与えられて来たと言える。

田畑先生は高齢の九十代になられても、同志社大学法学部のリユニオン（同窓会）に出席され、平和憲法講演を変わらずに熱い思いを込めた力ある演説で徹されていた。卒業後日本各地で活躍する教え子弟子達に、現役時代と変らない、平和憲法を基に世界平和主義とその実現のための講義講演で声高らかに、思いと力、信条を訴え続けられていらっしゃった。

それは今なお忘れることの出来ない、得難い経験と思い出に連なる、使命感の鼓舞の数々であった。私自身の思想信条、平和構築への思いと、思考性への基盤となって来ている。

思想信条の基盤と信条の上に確固たる平和主義・恒久平和を訴え続け、我々教え子達に、平和主義の信条を毅然として訴え続けて来てくださったことは、忘れ難く、得難いものであったと今もなお確信し、平和運動、活動に携わる我々一人一人の賜物として内なる力と原動力となり信条となり続けている。

私の実家の父も、明治三十二年生れで、法科大学時代、苦学しながらも、故賀川豊彦先生を慕い、大阪の貧民街で先生と生活救援活動を惜しみなく共にして来たことを、学生時代に聴かされ、勇気を与えられたものである。

私自身大学卒業後、法曹人としての仕事に就き、社会貢献活動の仕事に就くことを夢に描き、司法試験に数回挑戦したものの全《まっと》う成就出来なかった。少女時代から連なり活動に参画して来ていた世界組織団体のＹＭＣＡ・ＹＷＣＡの社会教育事業体に社会活動として関わり続け、学生生活を終え社会人となると同時に仕事（スタッフ）として、また結婚後は京都から東京へと仕事を継続移動しながら、国際的な連携の下に国際的社会教育事業の一端を担い続けて来た。

その後、法学部出身ということもあって、派生的にも家庭裁判所の調停委員として、家族関係の紛争解決、地域行政との係わりで行政委員の任命を受けた後、オンブズマンとして活動した。また一方では居住地域の教育委員（委員長の経験も得）、その間、地域生涯学習の講演に始まっての講座講師を受講生と共に学びながら、各社会関係と社会動向の直面する諸問題、課題等々を受講生、地域市民（身近な）と共々に学び合って来た年月は三十余年になる。

特に、法社会における憲法は基本法であり、市民、県民、日本国民として共に学び合うことは、基本的活動に連なり、憲法学習の活動は平和問題の展望と実生活に関わる。「平和憲法」の堅持問題は、実り多き意識と活動を実りある動きの発端となし、今もなお活動体の主たるリーダー・メンバーは高齢化しながらも変わりなく継続し、あらゆる分野の関わりが市民運動へと働きかけるパワーとなり続けている。

平和構築のために、戦争惨禍の愚かしい痛み、苦しみや悲惨を、二度と次代に繰り返してはならない。「平和の構築と平和社会の保持を何んとしても果たし、次代の平和を恒久なるものへと堅持することを、社会構成、国際社会の運営組織の基本的原則的礎とする」ものとし、不動の永世「平和社会の構築」を確固たるものとして実現することが、この地球地上レベルで即時、性急に求められている現時点ではなかろうか？　との信条でここまで来ている。

次代を担う、子ども達、青少年を育む上に、異文化の固定基準から互いに脱却し、相互理解と平和構築を目的的に最優先し、協同協調を導く地球社会の平和構築が、異文化の寛容、緩和の相互理解と実行実現で、相互理解＝平和協調＝共存、共栄、共調として異文化、異年代、異歴史、異環境の理解中に与えられる。

相互理解と協調、協同、協和を如何に実現可能とするかを基本的課題として抱き、「平和共存の実践と実現の礎」とは異文化の中に、上に、一人一人が我が礎として平和構築を原点として問い、実践の第一歩となるものへの究明と歩みを共に弛《たゆ》まずし続けて行くことではなかろうかと——。今もなお確信を抱きながら日毎を迎え送り続けている一人の私である。

恒久平和の社会、世界を、共存共栄の地上全ての人々の至福を望み、共に生きる社会、世界平和の実現の道を構築し、全ての人類の本質的平等と基本的人権の尊厳を、今、新たに現行憲法の施行、実現、実行に、もう一度、新たに立ち返り、二度と戦禍を次代のためにも招くことのないようにと思う。

現行日本国憲法の遵守を我々日常の全ての場で実行し、平和社会、平和国家、平和世界の構築と実現に、地球全人類の生存と次代の平和社会の人類の共に生きる棲家の地上に、共存共栄の時代を一日も早く構築し、実現し、戦禍を招くことなく、平和共存の不動の礎を一日も早く構築せねばと。

平和憲法の遵守と共に、次世代を担う青少年、子ども達に、少なくとも我々日本国民が誇りとし堅持、擁護、遵守すべき平和憲法を、国際紛争の解決と戦禍を回避すべく、最良の盾《たて》とし矛《ほこ》として平和遵守・構築の任務を第二次世界大戦の償いとして果たすべきであろう。

「平和・人権・民主」の三原則を次代に確固たるものとして継承し、実践の責務を果たさねばならない時が到来して来ている。これは急務と同時に、現在の国際紛争の平和的解決の主役の使命が、我々日本国民の一人一人に課せられているのではなかろうか?

平和教育の目的と構築のために

共存と共栄の時代を迎えて

共に生き、共に繁栄、共に生かされ、繁盛を共存共栄の中に実現すること。

今や、共に生き、生かされ、人類の相互理解と尊厳と尊重の上にあってこそ、実現が可能となり、異文化、異環境、異歴史を尊重、尊厳の上に相互理解と協同目的、手段の上に立っての共生の時代を迎えている。

「平和共存」は、共存共栄の基盤の上に可能となり、真の共存が平和の中に成立するもの。

「平和」に暮らし、「平和」に生き、「平和」を構築出来る子ども達のために。

一人一人の尊い生命を与えられ、この世に健やかに、心豊かに一人一人が、平穏に、平和に、人生を全う出来る社会、世界を、この地上に、この地球上で宇宙時代を近くに夢に描き、過ごし行くために。

文明、文化、科学の日進月歩の中に、歴史を顧みて、自らを省みる日常、生活環境の上に、次代への信頼と平穏無事な、心豊かな、平和な日々を「真に」信託し、安泰な日々を確信出来ましょうか？

私は、第二次世界大戦の渦中に生まれ、幼少期を戦時の中に育ち、小学校低学年の時に敗戦、終戦を迎えた。

少年少女期には、教育、生活環境の厳しい最中、惨禍の経験の中、生活環境（食糧不足等）、教育環境の悲惨で（覚束《おぼつか》ない）、不安と不信に満ちた日毎の少女時代（少年期）を送り迎えた一人である。

戦争による悲惨――大切な親族の一人、父の末弟に愛され可愛いがられた。この大好きなかけ替えない叔父が戦争の犠牲となり、少女期ながら、戦争の脅威と二度と受け入れ難い悲しみと、許し難い憎しみに苛まれた事実は、今、八十一歳の高齢、人生の終末期を迎えながらも忘れ難く、許し難いものとなっている。

戦後、新制度の教育体制、教育環境の下で、成人式を迎え、青年期、成年期、壮年期、熟年期といわれる時代を変動する社会環境の下に迎え、過ごし、人生の終末期の老齢期を迎えるに至った。

我が子や孫達のために、どうしても、如何なる状況下に置かれようとも、二度と戦争の惨禍を招くことは、あってはならないこと――。確信をもって、思いを新たにする一人である。

今、「私」に、「自分」に何が出来ようか？　と戦後の経緯と戦中の回顧に心中を計るに、また、戦後の新しい時代の世界観、社会観、教育観、家庭観を自分が歩んで来た歩みの中、時代の変容の中に実感として経験を記したいと思う。

残しておきたい人生観、教育観を経験的実感を通して、その基盤に立って、希望と期待感で、記しておきたいものである。

「平和」を構築出来る子ども達のために

一人、一人の尊い生命が、大きな喜びとしてかけ替えのない賜物として与えられている。健やかに、心豊かに一人一人が尊重され、平穏に、平和に一日一日を安泰に過ごせ、真の平和の中に、人生を全う出来る生活環境にあってこそ、可能性の実現をみ、恒久平和の社会、世界をこの地上に、この地球上に構築し続けることの出来る確証を得ることが出来る。

地球社会、宇宙時代を近くに夢に描き、子ども達は、永遠、共存の真のよろこびを与えられ、未来を描きながら一日一日を大切に過ごせることであろう。

文明、文化、科学の進展は、今や急速に、日進月歩の中に進み、歴史を顧みて、自らの中に省みる日常、生活環境の上に、次代への信頼と平穏無事な、そして心豊かな平和な日々を真に信じ、安泰な日々を確信をもって過ごし得る確証を与えるものであろうか?

全て平和構築のため、恒久平和、永世平和の実現と、平和構築のための努力を何よりも実現する優先的選択と実現を図る時を「今」に確信し、図り得る「時」とし、平和の実現を優先的に確信をもって証し得る時を得ていようか?

世界に誇り得る現行日本国憲法の基本原則とする憲法第九条=戦争放棄の実行を今も忘れずに、あらゆる紛争解決の手段の基《もとい》としなければならない。日常の紛争から、世界紛争、全ての大小を超えた紛争解決の手段として真に戦争を放棄し、恒久平和をあらゆる時と場面で訴え続けなければならない。

が、どのような紛争の場にあっても平和的解決を、相互理解と平和的解決の手段を全ての場面と状況に絶対的な手段として図り実行し、平和的解決の実現を観るに至って来たか?

異文化、異なる状況、事態、そして平和的解決の厳しさ、困難さ、恒久平和の実現の厳しさの中に、紛争解決の手段をあわよくばと短絡的に図り、闘争を招き、相互理解の歩み寄り等々の手段を選ばなかった歴史的事例は、少なからずあり、戦争という惨禍を招いて来た。

平和を構築し、平和の実現をあらゆる場と機会に生み、創造し、構築するためには、異文化の歴史、社会環境、社会情勢等の状況等々で困難、多難であろうが、平和の構築、実現のためには異文化、異年代、歴史、社会環境、社会情況等々を相互理解する、平和構築の努力は不可欠で、平和共存の礎《いしずえ》となる。

異文化の尊厳と理解の努力は平和共存の共栄、構築の礎となり、分かち合い、共に生きる礎は、共存の平和構築の基である。

相互理解から平和協調を生み出し、共存共栄は協調の賜物であり、異文化、異年代の相互理解の中に平和構築は可能となり、分かち合い共に生きることは、共存と平和構築の基となる。

平和な営みの構築と愛の実践、異文化の尊厳と理解の努力は平和共存の礎となり、共存共栄は平和構築の礎となる。分かち合い、共に生きることは共存と平和構築の基であることを繰り返し強調したい。

表現するこころみ

美葦という名の私

子どもの頃、私の名が美葦《よしい》ということに、何故と考えたものだ
小学校時代、中学校時代には、折々に学籍簿上男の子と間違えられた
その頃は今とは異なり、通常女の子の名には、子が付けられていた
中には、花江、春江とか、花代、春代とかの女の子と解される名の女の子もいたが
その上、まともに、正確に「美葦＝よしい」と最初から呼ばれたためしはなかった
いつも、「みよし」とか「みあし」とか「よしあし」とか言われ、自分で訂正して
来た
どうして、私だけがこんな名をつけられたのだろうと思うだけで
美葦という文字や言葉の意味、親が美葦と命名した意図を知ろうとはしなかった

そんな私にとって、高校二年生の春、新学期を迎えた新しい教科の始まりの授業の日
漢文の教師との出会いの日、「美葦という名の私」との出会いの日であった
初老を感じさせる紳士的な学者肌の教師との出会いから始まった
先生は教壇に上がるや否や、出席簿を開き、我々生徒の姓名を読み始められた
私は、これまでになく、わくわくどきどき胸を高鳴らし、私の名が呼ばれるのを待った
「浅川美葦さん！」「美葦＝よしいさんですね！」と確信をもっての確認の問いかけでした
その時の感激と嬉しさは、深い感動と喜びの想いで、今も忘れることなく伝わってくる
まともな呼び方をしてもらえたから、「自分の名」に想いを寄せるようになった私

この世に私という生命を授かった歓《よろこ》びの中で、私のために親が命名をしてくれた名
さすが、漢文の教師！「美葦という名」の文字や言葉の意味を理解しての上かと
そして、親の命名の意図や想い、私への夢や祈願を込めての名を推してか
それからの私は、「美葦という名の私」として「美葦という名」と「私」に向き合
って来た
「岸辺にそよぐ葦のように、慎ましく、美しくあれ」と
「どのような強風に煽《あお》られようとも、堅くたって靡《なび》くことなく、しなやかに凜然《りんぜん》と
して」と
「時代の流れや波に呑み込まれることなく、深い思慮と考察を忘れることなくあれ」
と
「パスカルの考える葦のように、いつも哲学し続け、己の人生を問い続けるように」
と

「人間らしくあれ」との問いかけに、「人間らしくあるための品性と品格を失うことなく」
「人間らしくあれ」との問いかけに、「人間らしくあるための知性と感性を失うことなく」
「自分らしくあれ」との問いかけに、「自分らしい固有の価値観を見出し失うことなく」
「自分らしくあれ」との問いかけに、「自分らしくあるための誇りと自信を失うことなく」
「美葦という名の私」であるために、「美葦という名に相応《ふさわ》しい私でありたい」
「美葦という名の私」であるために、「美しい葦のように美しく、確信を抱き生きたい」
「美葦という名の私」であるかぎり、「美葦という名をよろこび、誇りにできるよう」

京おんな

「貴女はどちらの御出身？」

「私は、京都の生まれで、京都の育ちなんですよ」と答えるわたしです。

結婚後東京に移り住んで、今は神奈川県に在住しています。

「じゃあ！　貴女は京おんななのね」とよく言われてきた。

私にとっては、京おんなと言われるよりも「京都はいいところですね！　とても好きな所で、憧れのような思いを抱くところなのですよ！」と言われる方が嬉しい。

私のふるさとと言えば京都である。

小さな頃から（記憶に残り始めてから）京都御所のすぐ近くに住んでいて、御所は我が家の庭のように、朝夕日課のように散歩したものだ。

砂利道を踏みしめて歩き、ときには両親と一緒に、犬を連れての散歩であったり、姉妹との散歩でもあった。

早朝の御所の散歩は草木の緑の香るオゾンに満ちた空気の美味しい、爽やかな気分の中でのものだった。

京都御所は、丁度京洛《けいらく》の真ん中に位置していて、京の心臓部に思える所で洛北、洛南、洛東、洛西の東西南北を繋ぐ中心的距離にあり、四方八方美しい山々に囲まれていて、山々に抱かれているような景観と風情の下で生まれ育って来たわたしである。

御所の東側には加茂川（鴨川）が流れていて美しい水ゆえに、京都名物の友禅染の布はこの川で洗い上げられた。

有名なお盆の大文字焼きには、中学生の頃に家族揃って大文字山に登り、火を付けに行った思い出があり、そしてまた、日本三大祭りを身近に感じてきたものである。

今もなお、かけ替えのなきふるさととしての思いを抱かせ続け、忘れることの出来ない思い出となっているものは、日曜日毎に東西南北の山々を家族揃って散策して回ったことである。

父、母、兄、姉、妹と楽しい交わりとともに恵まれた環境風物の中で過ごせたふるさとでの思い出はかけ替えのなき宝物といえよう。

京おんなは美しい加茂川の水で顔を洗って育ったので美人なのよと誇れるかもしれないが？

私にとっての誇りは、伝統ある古《いにしえ》の都と自然の美しい景観に抱かれたふるさとである。

東男に京女

東男と京女は出会って四十年、結婚して三十七年。

東京で生まれ、東京で育った夫と、京都で生まれ、京都で育った妻は、歴史的文化・慣習そして風土的習慣の相違の中で共同生活を営みながら、多くのことを感じてきた。

時には驚きを覚え、時には葛藤・憤りを感じながら、互いに認め合い、尊重し合えるところまで、やっと辿り着いたのかも知れない。

かつては、東男と京女は、夫婦として理想のカップルといわれたようだ。何故？

もしかすると、江戸っ子気質の気風《きっぷ》・歯切れの良さに男らしさを感じ、一方は京都の伝統的風俗習慣の中に培われて来た、もの柔らかな柔和さの中に女らしい優しさを感じ、その物腰（言動）に女らしさを感じて来たのかも知れない。

まさに、ここでいう京女とは、私そのものと申したいところだが、決してそうではない。京都で生まれ育ち、東京に嫁ぐ（古い言葉遣いだとウーマンリブの女性方からお叱りを受けそうだが……）までの二十七年間を、京都人とはいえない両親（福井出身の父と大分出身の母は、私が生まれる以前、東京に住んでおり、京都の伝統的習慣を身につけた純粋の京都人とはいえそうにない）の元で過ごしたので、生粋の京都弁を使えずに、京都を離れ関東（東京・神奈川）に住みつき、四十年近くになる。

今、振り返るに、私の両親は京都に住んでいてもほとんど京都弁を使わず、標準語に近い関東弁で通していた。たまに、母が「おおきにー」なんて京都弁でお礼を言うと、てんで、アクセントというか、なまりが変で、子どもながらに馴染まないものを感じた。その所為《せい》か、私自身関東弁、標準語を話すには苦労はなかった。

ただ、関東人からすると、同じ標準語を使っていても私自身が気がつかないアクセントの違いと京都弁のなまりがあることを感じていたようである。なによりも、私は雰囲気に滲みでる言葉にならない「京都」を関東人に感じさせていたようである。

とはいえ、東男と京女の結婚生活、共同生活上、言葉の表現の相違・言葉の遣い方の相違、そして言葉のニュアンスの相違を当初、折々に感じさせられたものである。

最も気をつけねばならなかった言葉は「あほやねー」と「馬鹿だねー」という言葉のニュアンスと遣い方であった。関西弁では、「あほやなあー」「あほかいなー」「あほー」という言葉は、ほんの軽い意味で使われ、言われた方も全然気にもせず、また、傷つくこともないが、「馬鹿だねー」「馬鹿じゃないのー」「馬鹿ー」という言葉は重い言葉として受け取られ、ひどく傷つく言葉としてのニュアンスをもつ。

関東弁においては、これは、全く逆といえ、「馬鹿だねー」という言葉では、傷つくことはないが、「あほやねー」という言葉には、非常に傷つくようである。

京女の私は、度々傷つき、そして、東男の夫を、度々傷つけたものである。今や、慣れて来たものの、関西弁よりも関東弁を長い年月使って来ているにもかかわらず、関西弁の言葉・言葉遣い・言葉のニュアンスに温か味と人間味を感じ、関西弁のあじわいを感じないではいられない私である。

関西弁のあじわいを感じ・思い・考察・鑑みるにしても、京育ちの私は京都弁のあじわいということになろう。関西弁のあじわいに関東人（少なくとも私の知る限りの友人・知人）は関心を示し、興味を抱いているようである。同じ関西弁であっても、京都弁のあじわいと大阪弁のあじわいとは、異なるように思える。

大阪弁のあじわいを強く感じるものとして、思い付くのは「もうかってまっか？」という挨拶言葉である。如何にも、大阪商人らしい、庶民性のある商人言葉で、何ともいえない親しみを感じさせるあじわいをもっている。

ずっと以前に、大阪の友人が東京に来たとき、満員のバスに乗り、降車しなければならない時が来たのに、身動き出来ず、弱り果てて、「すんまへん！　降ろしておくれやす！」と大声で叫んだところ、ぱっと乗客が道を開けてくれて、難なく降りることが出来たという話を思い出す。これは、大阪弁の効用にとどまらず、大阪弁のあじわいを感じさせるものでもあろう。

京都弁のあじわいは私にとって、限りなくあり、言葉そのものの中に、言葉の遣い方の上に感じ、感じられて来たし、関東人が京都の地に憧れる所以《ゆえん》の一つにあじわいのある京都弁が魅力あるものとなっているのであろう。

そしてまた、ますますこのようなあじわいを感じさせる言葉に魅かれるのは、伝統ある文化と特色ある民俗性が織り成す、人と人との関係性をより良く繋ぐ大切なものとして問われているからであろう。

国際社会にあってもどのような言語を母国語に持とうと、あじわいのある言葉でより良き関係を保つことが出来れば、望ましいことである。

「かんにんどっせ」「おおきに、ありがとさん」「ようこそおいでやした」「おきばりやす」等々、一つ一つの情景が昔懐かしく、人と人との交流のあじわいを関西弁のあじわいの中に見ることが出来る。

「東男の夫君！　関西弁、京都弁のあじわいの中に京女の妻である私のあじわいを感じとり、認知してくれていましょうか？」

詩

私にとって、詩というものは想いのたけを総て表わすもの
私にとって、詩というものは心を言葉にして語るもの
私にとって、詩というものは感性を謳《うた》うもの
私にとって、詩というものはせつなる訴えであり、叫びでもある

言葉のみで表わし難い思いを、情感を込めて歌う声であり
言葉のみで表わし難い語りを、詠《うた》う叙情詩でもある
言葉のみで説得し難い事象の、理解を仰ぐ意思表示であり
言葉のみで尽くし難い情緒を、想いを込めて著述するものでもある

美を顕わし、善を伝え、真を語る
自然を賛美し、総てを感受し、生命あるものをいとおしむ
喜び、悲しみ、痛み、苦しみを共に分かち合うすべとして
感動と歓喜を詩の中に、共感し、ともによろこび祝う

詩に、人生をかたり
詩に、己をかたり
詩に、思いの総てをつくし
詩に、よって全てが救われる

詩は、詠《よ》むにつけ、私のよろこびであり、力となり
詩は、つづるにつけ、私のよろこびであり、湧き出づる源泉である

詩は、楽しみのひとときを私に与え、心に豊かさを与え
詩は、私の余生に、無限の輝きを与えてくれる

感性の大切さ

人には本来感性が備えられていよう
人間らしさ、豊かな人間性には感性というものが欠かせない
何故なら、感性は想像を生み、想像の世界を広げていく
嬉しさを喜べる感動を、悲しみを痛む辛さを、苦しみを忍ぶ忍耐を、
総てを感受し、人間の弱さを認めながら、人生のよろこびや人生の厳しさを、
素直に受け止め、自分を勇《いさ》め、強めて行く力の源でもあろうから

人には人間らしい感性が備えられていると信じたい
人は他者との関係において生き、人と人との関係において生かされている

他者は全て異質なものと言えよう故、他者を理解し他者と共存して行くには
豊かな感性による想像によって、歩み寄り共感の場を共有し合わねばならない
互いに感受し合い、互いに想像し合い、相互理解の時と場を求め、そして得よう
感性を研《と》ぎ澄まし、想像の世界を拡げ、異文化、異質なものの総てを感受する

人間らしい感性が、人と人との関係、この地上の生物そして無生物との関係を
より善きものとなし、共に分かち合い、よろこび合え、平和に共存し合えよう
想像力を創造し、本来あるべき姿のものを、あるがままに受け入れられるために
愛と希望と心情が、この信条が人を愛する心と総てを感受する心情で真情を生み
真の平和を、この地球社会の地上に、初めて、永世平和として創造できるよう
今、この源泉となる人間の豊かな感性をもってして可能となさしめることを

見えるものと見えないもの

私たちは、日常生活、暮らしのなかに、見えるものと見えないものを認識している
時間の観念、視点から、見えるものは過去と現在の中に、見えないものは未来に
私たちは、見えるものから見えないものを推しはかり、見えないものを見ようとする

人は、見えるものに全ての価値基準を置く人を現実主義者という
人は、見えないものに全てを託し、理想郷に生きようとする人を理想主義者という
人は、現実に生きるとも、希望の中に夢を描きながら生きる

私たちは、今に生きていようと、明日に生きることを考えずにはおられない
今をどう生きるかと同時に明日を如何に生きるかを
明日を信じて、今を生きている

私たちは、まだ見ぬ明日を信じ、今見えている現実を生き
明日への可能性と期待を信託して、見えない明日の世界に希望と信頼を置く
見えないものへの信頼なくしては、生きられないものといえよう

人は、誰しも昨日よりは今日、今日よりは明日とより善き現実を望み
より善きものを招き入れようと、見えるものから見えないものへと希望を託す
見えないものを信じようとして、見える今を生きている
見えないものに、信頼を置き、確信を抱けるなら、今を最高に生きられよう

明日という、見えないものに全てを託せるなら、今平安の中に在ろう
まだ見ぬものに確信をもって臨めるなら、どんなに素晴らしかろう

見えるはずのものさえ、見えなくなっている現在
見えるはずの本当のものを、見出すことからはじめ
見えないものから見えるものを導き出さねばならなかろう

ほんねとたてまえ

この世には、ほんねとたてまえが、あまりにも多く共存している
「これは、ほんね？」と問い直す
「いいや、たてまえだよ！」と返答される
「ほんねのところを聴きたかったのよ！」と
「実は、ほんねはこうなんだけどね！　ほんねじゃ言えないよ！」と
ああ、また、ここでも「ほんねとたてまえ」を使い分けている
これは正に、「表と裏」の日本的文化構造から来ているものなのか
常に、二重構造の上にあって、「表と裏」が使い分けされ
常に、「ほんねとたてまえ」を使い分けすることが良策だとでも？

戸惑いを覚え、疑問に感じる私

「どうして、ほんねでものが言えないの？」

「たてまえで通しきれるものなの？」

「たてまえだけで全てのことが、対処出来るとはどうしても思えない、考えられない」

「ほんねが見え見えでのたてまえ論なら、まだ許せるんだけどね」

「たてまえがほんねと思わされるようじゃ！　まずいんではないかしら？」

「後で、ほんねは、こうだったんだよ！　で通るものかしら？」

信頼関係を失い損なうことにもなりかねないように思えてしかたがない私

「私だって、たてまえでものを言うことぐらいは容易に出来ますよ！」

「でも、たてまえでものを言うなら、私はたてまえをほんねとして考えたいわね！」

「私はどうしてもたてまえとほんねを使い分けるようなことはしたくないわね！」

人は、特に日本人の多くの人は、こんな私を「大人じゃない」と言うかも知れない
でも、本当のこと、本当のものが見えなくなってしまっている現代の世相に
本当のことや本当のものが見え、それが普通であってほしいと念願する一人ゆえに

本音と建前

あなたは、何時《いつ》も、本音でものを言ったり、したりしていますか？
あなたは、何時も、建前でものを言ったり、したりしていませんか？

あの時の、あなたの発言は、後で考えてみると、本音とは思えないのですが！
あの時の、あなたの言葉は、今思うに、建前のように思えるのですが！

私は、あの時、あの場で、確かに、建前で言ったようですね。
私は、あの時、あのような場では、とても、本音では言えませんでしたよ！

あなたは、本音で言えたとでも？
あなたは、あの時あの場で、建前でなく本音で言えましたか？
いいえ、私は、本音で、言いましたよ！　建前なんかじゃ！　めっそうもない！
私は、本音でしかものを言えない人間なのですよ！
しばしば、私たちは、本音と建前をこのように、問い質《ただ》そうとします。
しばしば、私たちは、本音と建前を都合よく使い分けるからでしょう。
何故に、都合よく、本音と建前を使い分けられるのでしょうか？
使い分けることが、どういうことで、どのような結果を招くことかが問われましょう。

建前は、恰好良く、無難で、事なかれ主義、和を前提に協調を表面的になそうとでも。

本音は、自分に正直で誠実に在り、偽《いつわ》りのない言動をもって向き合うことでは？

建前としては、こうですが、本音のところはこうなのです。

という、使い分けが、日本の文化の特性なのでしょうか？

雪降る日に

薄明かりの、弱い光線の朝を迎えた
どんよりとした曇り空を窓から見上げ
今にも舞い降りて来そうな雪を想う
若かりし頃のスキーシーズンを思い出す
白銀の山々を、ゲレンデに立ち仰《あお》いだあの頃
白一色に包まれた下界をリフトから眺め
積雪に覆われた村の民宿の小屋を探した
胸一杯にひんやりとした雪の香りを嗅ぐ
銀世界で心ゆくまで楽しんだスキーを

ボーゲン、パラレルと雪との戯れに興じた
青春の思い出に浸ること
雪を待つかのような、この雪降る日に

よく晴れわたった青空の下で
太陽の光線を背に
きらきら輝く積雪の斜面を心地よく滑った
あの青春の思い出が、今、よぎる
今にも舞い降りて来そうな、この早春の日に

春の歌

雪解けの小川のせせらぎとともに春の訪れは知らされる
草木の芽生えとともに春の息吹を感じさせられる
小鳥のさえずりに耳をすませ、小鳥の到来を待ちわびる
春は、すべて生命あるものの復活の季節
蘇りの声が聴こえて来る
うぶごえのように、新たな生命の誕生のように、よろこびの声が
新芽の輝きと芳《かんば》しい春の香りがハーモニーとなって響いてくる
草花の新たな出会い、喜びの声が歌声となって聴こえてくる

こずえの小鳥たちは春の歌の合唱へと誘《いざな》い舞っている
春は、すべて生命あるものの復活の季節
蘇りの声が聴こえて来る
うぶごえのように、新たな生命の誕生のように、よろこびの声が

復活の歓喜の声、ハレルヤ、ハレルヤ、ハレルヤ
我ら主の復活の喜びと合唱の声
春の喜びの声が合唱となって美しい春の歌となる
目覚めた草木や小鳥たちと私達は一体となって大合唱を声高らかに歌う
春の歌と共に響きわたり、
この蘇りの季節は輝きわたる

光と影

この世の全てのものに光と影が在ることを！

何時も、どのような時にも、光と影が存在していることを！

何処にも、どのような場所にも、光と影が存在していることを！

誰にも、どのような人にも、光と影が存在していることを！


この世の全てのものに光と影が在ることを！

あなたは、何時も、何処にでも、光と影が存在していることを感知し認識していましょうか？

私は、何時も、何処にでも、光と影の存在を認めながら、見ていないように思います。
光の在るところには必ず影があることを！
この世の全てのものに光と影があることを！
何時も、どのような時にも、光と影を探り、観て、
何処にも、どのような場所にも、光と影を感じ、見ようとし、
光と影の存在の、大きさと、価値と、意味するところを再考し認知しようではありませんか？

この世の全てのものに光と影があることを！
光は全てのものを照らし、そのものの影をつくる。
光と影は、全てのものに明暗を生み出し、
光と影は、全てのものの形を表示し、象形し、表象する。

この世の全てのものに光と影があることを！
光は七色の輝きを与え、美しい色調のハーモニーを生み出し
影はその輝きと、美しい色調のハーモニーに深さと重層性を与え
光と影は平面に立体感を与える相互作用を呈し、全てのものの存在価値を高める。

この世の全てのものに光と影があることを！
光と影の存在は、その作用と働きに観る絵画の視覚的色調の世界に限らず
光と影の存在は、聴覚的旋律の音楽の世界にも感動として知らされるものである。
光と影は、感性の世界に欠くことの出来ないもの、情緒を高め、深めるものでもある。

この世の全てのものに光と影があることを！

光と影は、明と暗、表と裏、山と谷、喜びと悲しみ、安楽と苦境、富と貧困、等々に
光と影は、世界観、社会観、倫理観、人間観、価値観、人生観、宗教観、哲学観、等々に
光と影は、表裏一体の存在として、人生の生き様の上に、光り輝き、陰影を浮かばせる。

言葉の力

言葉には、力があって、その力の働きは、作用する。
言葉の力は、大きい。
人と人との関係において、言葉の働きは大きく作用し、言葉の力の大きさを感ずる。
言葉によって、出会い、向き合い、語り合い、交わり、友好と共生を可能とする。
社会の関係において、言葉の働きは大きく作用し、言葉の力の大きさを感ずる。
言葉によって、社会の秩序は保たれ、社会の全ての活動は円滑な流れを可能とする。
世界の関係において、言葉の働きは大きく作用し、言葉の力の大きさを感ずる。
言葉によって、国々の相互理解と相互援助、国際社会の強調と共存を図り可能とする。

言葉には、力があって、その力の重さは、作用する。

言葉の力は、重い。

人と人との関係は、言葉の表現と使い方、その一言により事態は変わる、言葉の重み。

言葉によって、関係は濃となり淡となり、関係の継続断絶となり、関係性の良し悪しともなる。

社会関係においての、言葉の重みは、社会的責任と、果たすべき責務上厳しいもの。

言葉によって、責任を問われ、評価され、進退を極《き》めねばならぬことにもなろうし。

国際社会においての、言葉の重みは、言語を文化上異にする故に、強く感じられる。

言葉によって、国際間の紛争を招きかねず、対話の多難の故に、戦争へと追い込むことも。

言葉には、力があって、人間の全ての関係は言葉に支配されていると言っても過言ではない。

言葉の力は、変化をもたらす。

力ある言葉は、魅力あるものとし、人々を説得し、煽動し、導き統率することも出来る。

力ある言葉は、世論を動かし、社会に変化をもたらし、歴史の流れを変革させ得る。

力ある言葉は、社会環境、教育環境、家庭環境まで、流行語を生み、変動させうる。

力ある言葉は、善意の言葉で人を幸福にし、悪意の言葉で人を不幸に陥《おとしい》れることも可能。

力ある言葉は、家族関係を変え、生活環境を変え、人を生かしもし、殺しもする。

力ある言葉は、人に感動と勇気を与え希望を与え、世界平和の構築を可能ともしよう。

言葉の力は、人々によって創られ、強められ、人々を生かし、あるいはその活力を奪ったりする。

あの一言で、深い心の傷を負いました、失望し生きる勇気をなくしました等々と。

あの一言で、救われました、生きる勇気を与えられました等々と。

鏡の中の私

今朝も、あわただしく鏡に向かい、仕事に出掛ける準備におおあわての私。夕べ就寝が遅くなって睡眠不足のせいか、鏡の中の私はこころなし活力を失っているかのように落ち込んで見える。鏡の中の私に向かって「元気！　元気！　頑張って！」と自分に発破《はっぱ》をかけ元気、勇気づける私。まるで鏡の中の自分をいたわり、いとおしむかのように両手の平で鏡の中の私の両頰を軽くたたく。

何時もより暗く感じる鏡の中の私を少しでも明るく装わすために、何時もの口紅より派手目のピンク系の口紅で化粧を仕上げる。通勤電車の時間を気にしながら、「まあいいや！　今夜は早く帰宅して早く寝よう！」と。

鏡の中の私につぶやく私。何時ものように鏡の中の私に伺いをたて、問いかけ、語りかけ、鏡の中の私がもう一人の私かのように、そしてかけ替えのなき友のように、嬉しいときも、楽しいときも、喜ばしいときも、悲しい、辛い、苦しいときも、腹だたしい怒りを覚え、憤りを感じているときも、鏡の中の私に向かって、共感と理解を求めたり、疑問を投げ掛け、悩みをぶつける私。時には、鏡の中の私の顔色や表情を窺い、「こんな私じゃあ！　対人関係まずいんじゃあない？」と鏡の中の私を戒《いまし》め、諭《さと》すこともある私。

そそっかしくて、おっちょこちょいの私のこと故、とんでもない大失敗をしでかした時なんか、鏡の中の私に向かって、「あなたは、なんて馬鹿なんでしょう！　どうしようもないわね！　どうしてくれるの？」と鏡の中の私にぼやき、愚痴り、叱り付け、しかめ面をしたり顔を歪めたり。

「どうしましょう？」とおどけたりとぼけたりの表情をして見せる私。

一体、鏡の中の私は本当の私なんだろうか？　本当の私よりも鏡の中の私は役者であって一枚も二枚も上なのかも知れない。

鏡の中の私は、私に多くのことを知らせ、教え、私自身のことを解らせてくれているにちがいない。

感性の出会いとの対話

あれは、確か、私が中学生の頃、音楽の授業での音楽鑑賞の時であったと思います。

「ああ！　なんと美しい！　なんと美しいメロディーで、曲なんだろう！」と心をときめかせる強い感動を私に与え、胸をふるわせ、その音色に魅せられ、その虜《とりこ》になってしまったのは、フルートが奏《かな》でるサン・サーンスの「白鳥」であったのです。

そして、いつの日か、自分も、この曲をフルートでこのように美しく奏でてみたいものだと真に思い、また、その時から、「私の感性の音楽との出会い」は、始まったように、今になって思えるのです。まさに私の感性の音楽との出会いの「絆」となったのは、フルートであったようです。

私の中学生の時の「感性の出会い」による夢が、今ここに、実現されようとしているよろこびは、今の私にとって、生きるよろこびともいえる、大きなものとなっているのです。

学生時代が過ぎ、社会人としての仕事時代、結婚して家事育児を重点的に担い、社会復帰に専念できる時を迎え、自分のライフ・サイクルを省みて、これからこそ、自分らしいライフ・スタイルを創造していかねばと、思いはじめたのがほんの数年前でした。

それからは、仕事の合間を見出したり、仕事を何とかやり繰りしてでも、それまで大切にあたためて来た夢の数々の中からまず、第一に実現するために、挑戦してみようと選んだのがフルートのレッスンを受け始めることでした。

十数年前に夫が私の夢の実現のためにと誕生祝いに贈ってくれたフルートで、一度は独学で挑戦してみようと思ったこともありましたが、ついつい後回しにしてしまい、なかなか集中して向き合うことは、出来ませんでした。

その頃は、まだ時間的にというだけでなく、心のゆとりがもてないでいました。そしてまだ夢の実現に一歩踏み出す時を得ていなかったようです。ただ、夢は描き続けていて、周りの仲間に語り続けていたのです。そして良いフルートの先生との出会いを待ち望んでいることを問い続けていました。

ある生涯学習の受講生の一人から、私の自宅からさほど遠くないところに、若くて良い先生がいらっしゃると知らされ、お訪ねしレッスンを受け始めたのが、六十歳を眼前にしたときでした。

正に六十の手習いとはよくいったもので、六十歳近くにして始めることがようやく出来たフルートでした。始めて六、七年になりますが、月に一、二回程度のレッスンに、なかなか前進しない自分のはがゆさを感じ、自覚しながらも、楽しくてしかたがないのです。

もっと早くに始めていればよかった、こんなにもリズム感がなかったかしら？若いときはもっとリズム感があったはずなのにと首をかしげてみたり。そして、自分の集中力がこんなにも減退しているかと思い知らされ、痛感させられている私なのです。そしてまた、音符を追う目も、もどかしいほどスローテンポの上に、指もしなやかに、スムーズに動かないのです。でも、楽しくて、楽しくてしかたがないのです。良き指導者に出会え、「七十歳近くで始められた方もいらっしゃるのですよ。練習を重ね慣れて来ると大丈夫ですよ！　まだまだ！」と勇気づけられ、励まされ、スランプに陥ることもなく、飽きることもなく、楽しく続けて来られていることは、私にとって大きなよろこびであり、元気の源泉であり、生きがいの糧となっているのです。そしてとても幸せなことなのです。

折々に私って本当に恵まれているなあ！　と感謝の気持ちが漲《みなぎ》る自分に「ああ！　フルートとの出会いは私に日常生活の中に幸せ感を与えてくれるものであったのだ！」と。

フルートの音は私にとって「美しいものを求める感性の出会い」なのです。そして、「その感性の出会い」との対話を生み出し、創り出したいものだという欲求と願望。少しでも美しい音色が出せると、私の感性はハートを震わせ、心を有頂天にさせ、旋律・メロディーの虜に私をしてしまうのです。そして、もっともっと美しい音色に出会いたい！　感動を高めたい！　と願い続けるのです。

今年の一月の発表会で、初めてエルガーの「愛の挨拶」を奏でる機会を与えられました。私としては十二分に練習を尽くしたはずでしたが、美しい音色を出せるどころか、音を出すことで精一杯の弱い音しか出せず、後で録音されたものを聴いて、人前で奏でることの難しさを痛感させられ、今更ながら美しい音色を奏でることの容易でないことを実感させられました。

夫に言われていたことでした。「人前で奏でるには少なくとも十年は修業を積まねば」と。温かい励ましと、お心のこもった忍耐強い御指導をレッスンの上で受け続けることが出来てきていることは、遅々たる前進であれ、感謝とよろこびとするところの私であり、生きがいにもなっているのです。

最近は、かつての私の教え子たちの結婚披露宴でフルートを吹くことを求められ、既にレッスンの練習曲としてし終えたもので、先生の許可を得たものに限り、それに答え応じること数回となりました。が、いつもその時は、スピーチの後のおまけとして、自信なげに「六十の手習いで始めたばかりで～」と前置きをするものでした。こんな私が生かされていることに感謝の思いで。そして、早く上達し、美しい音色を奏でることができるようになり、周りの人たちに感動を与えることのできるようになりたいものと、私の夢は拡がるのです。自分の今の年齢をすっかり忘れて……。

この世から旅立った私の母が生前、老いのため床に就いていた間、母を見舞う度に、フルートを持参し、私のこどもの頃からよく母が好んで歌い、口ずさんでいた日本古謡や唱歌、童謡を吹き始めると、母は力一杯声を出し、目を輝かせ、うれしそうに、楽しそうに私のフルートに合わせて、歌いました。

母と娘との合奏のひとときであり、心豊かな温かな心の通い合う、真に、「感性の出会いとの対話」のひとときでもありました。そして、母の旅立ちの直前まで、私と母の「感性の出会いとの対話」は続きました。天使の歌声のようにもっと美しい音色で奏で、天上まで響かせることが出来ればどんなによかったでしょう！ フルートが「天と地をつなぐ絆」となって。

それ以降、地域周辺の老人施設に、この「感性の出会いとの対話」を求め、ボランティア活動の一端として通い始めました。デイサービスやお誕生会、クリスマス会等のプログラムに参加し、昔懐かしい歌に声をはりあげてもらい、フルートに乗って、「感性の出会いとの対話」の楽しいひとときを共に分かち合うよろこびとしている私なのです。

フルートによって、これからの余生、私の夢は拡がり、私は生かされ、「感性の出会いとの対話」を求め続けることを何よりも大切な生きがいと私はして行くことでしょう。

信条

ここ十数年来、身近なところで、信条という言葉を、あまり耳にすることがない。

あの人の信条は何某で、この人の信条は何某だと。

そして、私の信条とするところは、こうなのですよと。

私は、いつも、このような信条をもって、生きている故に、このようにありたいのです。

私は、自分自身の信条を基に、判断し、決断し、物事に対処して来ています。

だから、私は、自分の信ずる信条に依って、生きているのですよと。

平和に生きることを信条にと。公平平等に人と向き合って生きることを信条にと。
全ての人に優しく、思いやりと心くばりをもって生きることを信条にと。
いつも、目標を掲げてそれに向かって生きることを信条にと。等々。

多様な価値観が尊重され、認められる生活環境の中で、
多岐にわたる多様な選択肢が存在し、それを自由に必要時に選べる社会環境の中で、
生きるための信条が個々にさほど必要とされなくなって来たのでしょうか？

いいえ、人はそれぞれに、個々の生活観、人生観、社会観、世界観、等の思想と信条を、
抱いて、生きているはずです。
如何に時代が変わろうとも。

目的と手段と本質を履き違え、見間違えることのないように、自己責任において、
信条をもたずにはいられません。
確立された人格の形成のためにも、確固たる信条を抱き堅持して行きたいものです。

心の響き

あなたは、あなたの中にある、心の響きを、聴いたことがありましょうか？

あるはずですよね！

静寂の中に、耳を澄ますと、音にならない、美しい音色が伝わって来るではありませんか？


あなたは、あなたの中にある、心の響きを、感じたことがありましょうか？

あるはずですよね！

素晴らしい、創造と芸術の世界に、目を向け、耳を傾け、感動の世界に感じませんか？

あなたは、あなたの中にある、心の響きを、聴き、感じたことはないとでも？

そんなはずはありません！

聴こうと、感じようとしていないだけではありませんか？


あなたは、あなたの中にある、心の響きを、聴き、感じとってみてください！

美しい山々の森の中に棲息している動物たちの呟きや囁きに、耳を傾け。

広々とした野辺に咲き誇っている草花の、風になびき歌う合唱の声に心を震わせることを。


あなたは、あなたの中にある、心の響きを、聴き、感じとってみてください！

仰ぎみて、暖かく地上を包む大空の笑みと語りかけに、言葉を交わし。

深遠の大海原のさざなみに、自然の力の脅威を感じ、謙虚に冠《かんむり》を捨てることを。

あなたは、あなたの中にある、心の響きを、聴き、感じとってみてください！
あなたの周りにいて、愛と寛容と忍耐であなたを見守り続けている人々のことに。
心の響きを、豊かに感受し、心の響きを豊かな感性で、より美しい響きあるものに。

心の響きは、豊かな感性を育て強め、失われた感性を取り戻させてくれましょう！
心の響きは、人間性をより豊かにし、人々に人間的な感動を与え、
心の響きは、人々によろこびを与え、感謝し合える関係を生み出すことが出来ましょう。

心の目

目は心を表わし、心を語るとよくいわれるが。
心の目は、心が全てのものを見たり、読みとったりして目の役割を果たす。
心の目は、多くの事柄を外形に表わし表示することなく、感じとり、理解する。
目で見ることを、心で見るということになろう。

心で見るということは、目で見るものをより深く極め見ることであろうか。
外形や表象、事象、現象等を見た目のみで捉え、表面的な見方で終わることなく
物事を深く洞察し、広く推察、考察し、目に見えないものを見ることである。
心の目は、心で見るということである。

心の目は、心で見ようとする思いがなければ、心の目は開かれず、
開かれた心には、多くのものが見えて来ようし、
豊かな感性と感受性が、心の目に、多くのものを映し出して来よう。
深い関心が、心の目を、呼び覚まし、見えないものが見えて来よう。

心の目は、人が五感で感じ捉えるよりも、深く、知的な働きを為す。
心の目は、考える力や推し量る能力を培い、心をより豊かに育み養う。
心の目は、心情によって、美しくも、清くも、正しくも、善くも見る。

美しく物事を見ることの出来る心の目は、美しい人となりを表わす。
清く、正しく物事を見る心の目は、清く、正しい人となりを表わす。
善く物事を見る心の目は、善い人、善意の人となりを表わす。

心の目が、人に関心を寄せれば、人を大切に思う心を抱かせる。
心の目が、悪意を抱けば、全てが悪い方向へ向かい、悪化を招き、
心の目が、善意を抱けば、全てが良い方向へ向かい、良い結果を招くであろう。

心の目が、いつも、光っているなら、周りを明るく照らし続けるであろう。
心の目が、いつも、輝いているなら、前途が輝く道として拓かれることであろう。
心の目が、いつも、大きく見開いていることなら、豊かな生涯を過ごせよう。

祈りとともに

救い

昨夜、ある友人と「救い」について、語り合った
人は誰しも救いを求めずには生きられないものだろうか？
一体、何をもって救いとするのだろうか？
勿論、千差万別、人それぞれ
だけど、何らかの救いを必要としているのではなかろうか？
全てを自分一人の力に寄りすがって生き続けられるものだろうか？
それほど人間って強いものであろうか？
自分をそれほど真に信じられるものだろうか？
あなたは、どうなの？

わたしは、救い無くしては駄目!
弱くてどうしようもない人間だもの!
全ての人に許しを求め、救いを何かに求めずにはいられないわたしよ!
弱さを認知し、強さを求めるが故に、救いを求めざるをえないわたしよ!
そうよね!

何を救い処とするかは別としてね!
あなたの救い処って一体何なの?
わたしにとって?
わたしにとって、それは、わたし自身を確信づけてくれるものよ
絶対なる信頼をいだけるもの、全てを託して拠り所とできるものよ
それは、わたしにとって真理であると確信できるもの
具体的、現実的に言い換えるとすれば、聖書に問い、聖書の言葉に問うこと
それは、わたしにとって神の言葉に問い、神の言葉を拠り所にしていること

信仰と人は言うでしょうね！
信条よりも普遍的なものを求め、無限大のもの、この世の創造主に委ねること
とでもいえるのかしら？
自分の弱さ、愚かしさ、小ささをみとめざるをえないゆえに、救いが必要なの

祈り

人は心の内に、何時も、どのような場でも、「祈り」を宿し、「祈り」を具《そな》えている。

人は心の内に、「祈り」の時を得、「祈り」の機会を与えられている。

人は心の内に、「祈り」によって、やすらぎを感じ、活力を覚え、真の自由を知らされる。

人は心の内に、自由を求め、「祈り」の中に、自分を見出す。

人は心の内に、「祈り」を宿し具え、「祈り」の時を得て機会を与えられていることを忘れ
「祈り」という素晴らしい賜物を蔑《ないがし》ろにしていることが多々あろう。

「祈り」という価値ある効用を生かしきれずに、悩み苦しみ愚かしい葛藤にさいなまれる。

「祈り」によって、解放され、自由を得て、力を得て、自分自身の蘇りを覚える。

人は、「祈り」の世界を、どのように捉え、考えようとも

人にとって、「祈り」の世界は、全ての人々に与えられているかけ替え無きものであろう。

「祈り」の世界は、ある人々にとっては、安らぎ、和解、寛容、愛の平和の世界であろう。

「祈り」の世界は、ある人々にとっては、思考、模索、探求、究明の哲学の世界であろう。

「祈り」は、自分と他者とを繋ぎ、自他の関係を調整し、より善き関係性を創造し

よう。

「祈り」は、自我をコントロールし、他者を受容し、相互理解へと導くものとなろう。

「祈り」は、主張と甘受《かんじゅ》の均衡を生み出し、和の世界を構築することを可能としよう。

「祈り」は、自らを客観視し、自己分析と自己認識を高め、自己評価を余儀なくさせよう。

人は、「祈り」の中に、願いを、望みを、未来に求め、望みと夢の実現を託し
人は、「祈り」の中に、悩みを、苦しみを、現状打開の方策に求め、与えられんことを
人は、「祈り」の中に、自己実現と、まだ見ぬ世界の到来を信じ
人は、「祈り」の中に、永遠なるものの普遍性を確信し、創造主に総てを委ねる。
「祈り」は、時に、忘れられ、自らの力に溺れ、自らの傲慢さを絶対化し、過信する。

「祈り」は、人の弱さを気づかせ、創造物に謙虚であることの大切さを知らしめる。
「祈り」は、動的な世界から静的な世界へと導かれ、沈黙の世界へと導かれ。
「祈り」は、感性と想像が湧き出る沈黙の世界、感性と想像の泉の世界でもある。

いつも、どのような時代、どのような世界にあっても
人として生きとし生きるものとして、「祈り」の世界を大切に
「祈り」を忘れることなく過ごして行きたいものだ。

フルートとハープの協奏曲

フルートの奏《かな》でる音色は天使の声
ハープの奏でる音色は天使のハミング

天使の声は、天上から下界へ、下界から天上へと、
澄みきった声で語られる神の言葉のように響きわたる

天使のハミングは、天使の声をやわらかく包みこみ
この地上から拡がる宇宙へと響きわたらせる

天使の声は、人のよろこびであり、歓喜の叫び
天使のハミングは、そのよろこびが永久にあらんことを望む

天使の声は、人の世の語りべであり
天使のハミングは、民の合唱であろう

声高らかに、神にとどけと美しく響きわたり
ときには力強い旋律で、ときには静かな旋律で語られる

神への敬虔《けいけん》な祈りの言葉のように
神への問いかけの言葉のように

この世を全て愛で治め給《たま》えと

この世に永久の平和を来たらせ給えと

われわれ民は、どうすれば愛によって全てを取り計らうことが出来ましょうか
われわれ民は、どうすればこの世に永久の平和を創造することが出来ましょうかと

天使の声は、神からのメッセージであり
天使のハミングは、聴けよ！　この神の言葉をと、知らせ伝えるものであろう

天使の声に、耳を傾け、心を研ぎ澄ませ
神の言葉を受け留め、素直に、従順に信託しよろこべるようにと
天使の声は、神からの全ての言葉をその折々に伝え
天使のハミングは民の一人一人に、神の言葉への信頼と確信を与える

天使の声は、美であり、善であり、真理であり、正義であり、愛である
天使のハミングは、聴けよ民よ、信ぜよ民よと、消えることのなき響き
天使の声と天使のハミングの協奏曲は、美しいハーモニーを奏で
天にとどかせ、地上に響かせる

フルートとハープの協奏曲は、天使のソロと天使の合唱
美と善、真理と正義、そして愛の証を追い求めている

生きるということ

生命あるものは、総て日々の営みの中にあり
宇宙といわれるこの世の総てを治める創造主の支配の下にある
創造主を神と人は考えよう
今日に生き、明日に生き
この世に生命ある限り、生の営みを続ける
この世に生を受けた限りは、日々の営みを続け
まっとうすることを余儀なくさせられている
それを称して、人は「生きること」と言う

如何に生きるかは人によって様々であろう
人それぞれと言えよう
どのような道標を掲げ、どのような生き方をしようと
何を目的とし、何を使命としようと
意図しようと、意図せずとも
それが己の自由な選択による道のように考えられたとしても
川の流れのように自然の流れに沿ったものであろうと
備え、具えられた道を、日々の営みの中に歩み続ける

人は、日々知性と共に、感性の中に在り
知的営みと情感の内に、よろこび、悲しみ、楽しみ、苦しみの中に在る
よろこび、楽しさの感動の上に生きがいを覚え
悲しみ、苦しみの痛みの上に忍耐と試練に服従し

生きる知恵と力を得て、人生を学び
「生きるということ」を実感とする
そして人は人生哲学を実感哲学としてとらえる
生きとし生けるものには限りがある

「生きるということ」は終末に向かっての前進とも言えよう
生きた証を集大成しようと
死という終末をよろこびと充足感で迎え入れようと
生と死は、常に表裏一体のところにあり
生の証は、死の証と共存するものであって
「生きるということ」は「死すということ」と連なり
如何に生きるかは、如何に死すかということになろう
自分らしく「生きるということ」は自分らしく「死を迎え入れる」ことになろう

生命の輝きの中に

生命《いのち》あるもの全ての中に、生命の輝きを見ることができることを。
私は、知りました。
それは、生命あるものの、小さな小さな出会いからでした。
目を開き、耳を澄まし、心をときめかせてごらんなさい！

草花の美しい微笑みと愛らしさを見ることができるのを。生命の輝きの中に。
小鳥の美しいさえずりとささやく会話を聴くことができるのを。生命の輝きの中に。
幼児の言葉に代わる元気な泣き声の訴えの力強さを感じるのを。生命の輝きの中に。
私は、知りました。

そして、生命あるものと生命あるものとの、出会いと交わりの中に、輝きがあることを。

私は、知りました。

出会いの大切さを、生命の輝きの中に。

交わりの素晴らしさを、生命の輝きの中に。


そして、生命あるものへの愛おしさと育みの中に、輝きがあることを。

私は、知りました。

愛することよって与えられる賜物の大きさとゆたかさを、生命の輝きの中に。

生命を育むことによって与えられる悦びの大きさと価値を、生命の輝きの中に。


生命あるものが、この世で一番大切なものであることを。

私は、知りました。
「生命の尊厳」と叫びながら、それが真実の叫びであったでしょうか。
生命の輝きの中に知るまでは。どれほど大切な、かけ替えの無いものであることを。

季節の風

人は、それぞれの人生に季節の風を身に感じながら暮らし、生活を営んでいよう。春の季節にはそよ風を、夏の季節には涼風を、そして秋の季節には爽やかな風、冬の季節には木枯らしの強くて寒い風を身に受け、しみじみと季節の風の味わいを身に沁みて感ず。

人の様々な人生において、そよ風を身に感じる時や、場はどのような情景の折々であろうかと思いを巡らす。まだ若くして、初々しい青春の頃の一齣《ひとこま》の淡い回想の中に蘇ってくるもののように、そよ風に乗って拡がり行く夢の人生、初恋の思い出を漂わす。

きらきら輝く夏の太陽の下で、逞しく元気一杯活力に満ちみちて過ごした季節に感じた涼風、清流に汗の身を洗い流した清涼感と心地よさは、生きているという実感を感じさせるものであった。夕涼み、花火の季節の思い出の中に感じる風。夏の季節の風、浴衣《ゆかた》の袖を通りぬけて行く風のようでもあった。

爽やかな風、心地よい風を感じはじめ、時にはひんやりとした冷たさを感じさせられる風に秋の到来を覚え、秋の季節を知らされる。

青い空から木々の梢を通り抜けやって来る秋風は、時にはバイロンのためいきを運んで来るかのように、枯葉の季節、秋の季節をしんみりと感じさせてくれる。秋の言の葉を舞い踊らせ、地に棲む落葉と化する風。冬の季節の近いことを告げるかのように、沈黙と静寂を創造する主のように、われわれを哲学の世界へと導く。

人生観を問い、世界観を問い、自然のあらゆる風物との共存の中に宗教観を問うかのように。総ての生命あるものへ冬の到来の備えを促すように北風の近づくのをしらせ、感じさせるように秋風は吹く。

秋の夜長を通り過ぎ、小雪のちらつく冬の季節がやって来て、生物は冬眠の時を迎え、地にもぐり、人々は屋内に籠り、外は冬の風、木枯らしが吹きはじめ、太陽と北風の押し問答がはじまる。厳しい寒さと、凍りつくような冷たさの中で、身を潜《ひそ》めるかのように冬の風をさけて春の季節を待ち、陽だまりを見つけて北風が去り春風の来るのを待ちわびる。

春の風、夏の風、秋の風、冬の風とそれぞれの趣きの中に季節の移り変わりを伝え、暮らしと生命の営みに変化を与えて来てくれる四季折々の季節の風。

人生、人の生き様の上にも季節の移り変わりのように移り変わる節目があろう。季節の風に誘われるかのように。

人生の季節に恋をしたり失恋したり、結婚したり離婚したり、歓喜のよろこび、悲痛の苦しみ悲しみにであったり、途方にくれ艱難《かんなん》と試練に遭遇しても、季節の変わり目、節目を必ず乗り越える勇気と力を与えられている。

新たな出発の機会として季節の変わり目、節目は与えられていよう。季節の風が移り変わりの節目を運び去るように。

季節の風は、限りなく人生を身に感じさせ、人生の糧《かて》を運んで来てくれ、人生を豊かに、実り多きものとしてくれているにちがいない。

季節の風を身いっぱいに受け、心豊かな感性で身いっぱいに感じとり、人生の四季折々の季節の風に乗って人生を送ることが出来ればと願いいのる。

感性

この頃、自分が何かにつけ、涙もろくなっていることに気づく。間々あるように、自分が老いを迎えたせいかと思う。

若い頃、仲間が山へ行き、ススキが風になびき揺れるのを観て、とても感銘を受けたと話し、彼女の感性の豊かさに驚き、羨《うらや》ましくさえ思うことであった。

今や、めまぐるしく、ゆったりとした「時」を失い、合理化・効率化・機械化文明に侵されて、人間らしい「感性」をなくしつつあるといわれ、こども特有の豊かな感性すら失われて来ていると、憂い、叫ばれている。よろこびや悲しみ、美しいもの、素晴らしいもの等々に、心から素直に感動できなくなってしまっているというのであろうか。

スピーディーな時代の中に、忙しく暮らし、心を失くしてしまったというのだろうか。感動する心を失い、その感性すら鈍らせているというのであろうか。

思いやり、共生の時代だと、福祉社会を幸せの基盤にしようとしていながら……、共感できる感性を有さず、共感できる感性を育み、抱かずして、共によろこびや痛みを分かち合えるであろうかと案じられる。

人の痛みに涙し、人生の厳しさや苦難に、少しでも理解を示し、共感できる想像力を養い、備え、保持するためには、鋭敏な感性・豊かな感性なくしては難しいであろう。

このように、ふと、思うとき、今の自分の感性は、一体、どのようなものなのか？と考えてしまう。

時を得て、心のゆとりでもできたのであろうか？　多少ながらの年月の、経験的な積み重ねが心を豊かにし、感性を強めてくれるようになったのか？　映画を観てもドラマを観ても涙し、時には、おいおいと声を出してしまったり、すすり泣きしてしまったりしている。周りへの恥ずかしさの感性は減少しているのか、どうも二の次の感性のようである。いずれにしても、感性が敏感に働くようになって来ているよう。

年が行くとみんなそうなのよ、と人は言う。涙腺が弱くなっただけといって、終わらせたくない自分でありたい。ますます感性を磨き、自分の中により豊かな人間性を見出せるように、育み培うことを怠らず、心して行きたい。心密かに、素晴らしい詩人に、いつの日かなれるのを夢に見続けて……。

高齢者と熟年

高齢者とは、熟年に達した老年期にある人々と考え、思いたい。

熟年とは、幼年、少年、青年、成年、壮年、熟年、老年と年代層を表わす言葉であろう。

高齢者は、一般的に、老年と解釈され、老年期に在る人々のことと思われる。

高齢者とは、熟年に達した老年期にある人々と考え、思いたい。

熟年とは、一般的に、壮年の働き盛りの中にあって、脂の乗った年代と解されていよう。

が、熟年とは、老年に達した高齢者の範疇にあるように思え、考えたい。

高齢者とは、人生の最高峰に達した、最も人生経験の円熟した人々と考え、思いたい。

円熟した人とは、技がよく磨かれ、旨味が出て来た人であり、円満な人柄の人をいう。

技においても卓越し指導性を備えており、豊かな人間性と完成された人格を備える人と。


高齢者とは、後人《こうじん》に慕われ後人の手本となり、人生の教訓を実感的に伝授する人と思考する。

実感哲学を身に付け、経験的現実的視点に立って、助言の求めに応え得る人であろう。

達成感の喜びや挫折の絶望感等々、人生の厳しさと艱難《かんなん》を乗り越えて来た人達と。

高齢者は熟年に在り、熟年とは高齢者の老年期に在り、人生の円熟期に在ると。よって、熟年の過中にある高齢者は成年、壮年世代への力ある働きかけが責務となり、

歴史的変遷と経緯の過程に後人の世代への大切な役割が熟年高齢者に残されていよう。

たとえ、高齢者が後進のために、身を引き、席を譲ることが大切だと思い、考えても。

熟年の高齢者は、その円熟された力と技で、まだまだ業は残されているだろうし、高齢者の熟年の価値を生かし、未成熟な後人の世代の需要に応えて行くべきこととして。

美しく生きたい

いつも、常に、美しく在りたいと願い続けるのは、女性の私だけではなく、人は皆
自他共に、身も心も、美しく在りたい、美しいと感じ、思われたい。
誕生と同時に人は皆、美しく在り、美しい生涯を送りたいと願っている。

人の風貌、風格は、その人の生き様が、その人の人生の年輪として表れるものと。
美しさも、醜さも、その人自身の顔に滲み出て来るものと。
化粧や作為的な表情では、隠しようのないものとして表れるものといわれるように。
真の美しさは、その人の心身に付けて来た年輪、その人に浸透して来た年輪の表れ。

そんな、美しさ、本当の美しさを、美しく生きるために心身に付けたい。
人生の終末期には、これまでにない美しさを、最高の美しさを、心身に付けたい。

美しく老いるということは、人生の終末を最も美しく迎えるということになろうし、美しく老いることは、その人の生涯を、美しく生きた証になろう。
今、私が、美しくありたいと願うことは、美しく老いることを願っていることでもある。

いざ、美しく老いるということは、私にとって、決してそう容易《たやす》いものではない。
私のこれまでの人生の年輪に、美しくあるための、多々の修正と更生を要しよう。
美しく老いるためには、多難な挑戦と、忍耐強い努力との、積み重ねが要せられよう。

残された人生、老いを迎えての余生に、最善を尽くし、老いを美しく生きたいと願う。
美しく老いることによって、人生を最高に生き、最高に美しく生きたと思えるように。
私は、美しく老いたい。

老いの輝きを

老いを感じ始めたとき、誰しも、青春の輝きを回顧し、青春を呼び戻そうと願望する。
まだ、青春の光り輝いていた頃の復活を己の中に期待し、その可能性を信じようと。
まさに、「青春よ！　もう一度！」と叫ぶが如く。
老齢期を迎え入れることに、誰しも、抵抗を感じ、受容し難いことを知らされる。
いつの日か、近い将来、誰しも、人生の終末を眼前にする老齢期を迎えることを。
明日に、夢と希望とを託し、その可能性を信じたいと願い続ける。

老齢期には、明日がないとは、思い考えたくもない、誰しも。
私は、生涯現役で行きます。
私は終末を青春の輝きの中で迎えますと。

素直に、人生のサイクルを認め、年齢相応に、老いを受け入れ。
あるがままに、川の流れのように、自然の老いに身を任せて。
老いには老いの輝きがあることを、見出して、生きる輝きと光があることを。

輝きのある老齢期を、失うことのない夢とよろこびを抱いて、迎え過せることなら。
どんなに素晴らしいことか！
美しく老い。優しく老い。心豊かに老い。しなやかに老い。自分らしく老い。
老いの輝きを、創造し、生み出し、老齢期を輝かせ、輝きのある老いを迎えるため。

どんなに素晴らしいことか！
たくましく自立した老い。多くの友と交われ分かち合える老い。自分が生かされる老い。

老いの輝きが、周りへの光となり、誇りとさえなって、人生の道標となれば。
どんなに素晴らしいことか！
老いの輝き、その輝きは、先人として老齢期を迎え、後人の導き手となろう。

悲しみを越えて

人は、悲しみを越えて、生きて行かねばならない。
悲しみは耐え難く、忍び難いもの。
孤独と奈落の底に苛まれ、そこから抜け出すことも這い上がることも容易ではない。
耐えに耐え、忍びに忍び、時が解決してくれるとでもいうのだろうか？
忘却と化する時まで、じっと耐え忍んで待てとでもいうのか？

人は、悲しみを越えて、生きて行かねばならない。
悲しみは、自らの力と思いで、越えねばならなかろうが、厳しかろう！
他者からの、慰めや励ましは、さほど効を得るものではなかろう！

悲しみを悲しみとして、素直に受け入れ、存分に泣き、嘆き悲しんでみては？

悲しみから、逃げることなく、しっかり受け留め、乗り越えるように。


人は、悲しみを越えて、生きて行かねばならない。

悲しみには、最愛の人との別離、かけ替えのない大切なものの喪失等多々あろう。

私に、最も大きな悲しみを与えたのは、母の他界の時であった。

涙を見せずに、泣き叫び、その叫びは、声にはならず、数ヶ月続いた。

私のその叫びは、祈りの叫びであり、亡き母の永遠の存在を確信し、悲しみを越えたよう。

著者プロフィール

浅川 美葦（あさかわ よしい）

本名　鴨打美葦

1936年京都市生まれ。

1960年同志社大学法学部法律学科卒業。

横浜ＹＷＣＡ総幹事・理事長、横浜家庭裁判所相模原支部家事調停委員、神奈川県婦人少年室特別協助員、横浜市・大和市社会教育生涯学習講師、東京ＹＷＣＡ専門学校国際ビジネス科講師などを歴任した。

著書『フルートと薔薇』新風舎（2007年）

水辺のたくましい葦のように　次代のとこしえの平和を願う

2018年５月15日　初版第１刷発行

著　者　浅川 美葦

発行者　瓜谷 綱延

発行所　株式会社文芸社

〒160-0022　東京都新宿区新宿１－10－１

電話　03-5369-3060（代表）

03-5369-2299（販売）

印刷所　株式会社フクイン

ISBN978-4-286-19301-4